# 루쉰, 시를 쓰다
## 루쉰시전집(魯迅詩全集)

# 루쉰, 시를 쓰다

## 루쉰시전집(魯迅詩全集)

루 쉰(魯 迅) 지음
김영문(金永文) 옮김

역락

■ 루쉰 [魯迅, 1881.9.25~1936.10.19]

1 루쉰 학생시절
2 루쉰 가족
3 상하이(上海) 루쉰 공원

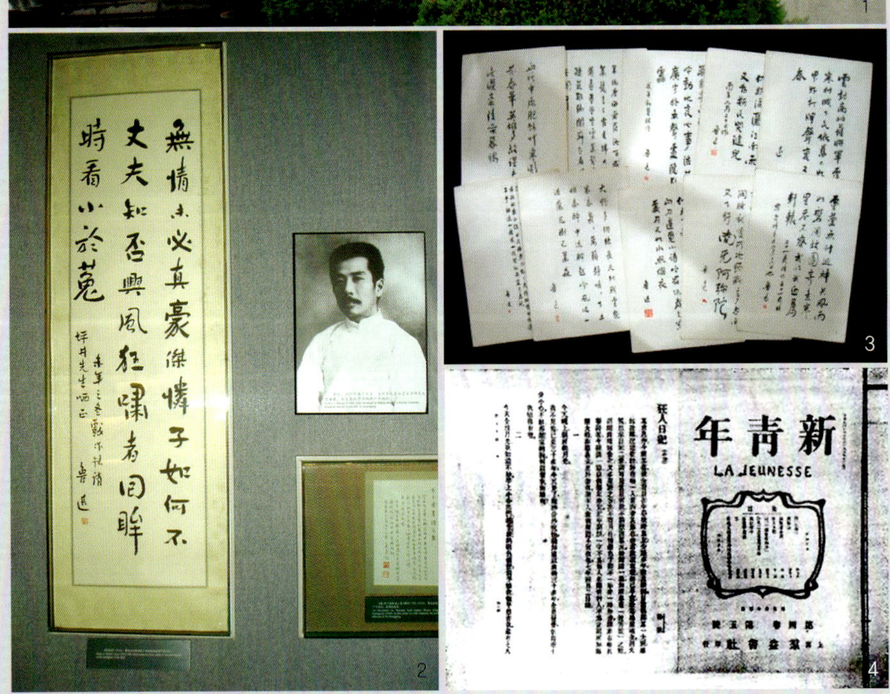

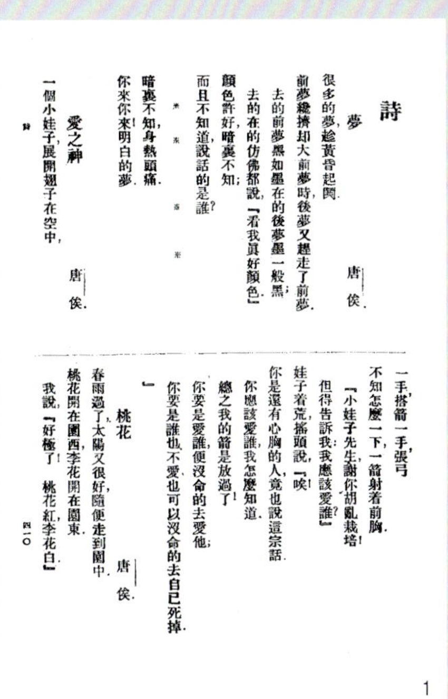

詩

夢
　　　　唐　俟．

很多的夢，趁黃昏起鬨．
前夢纔擠却大前夢時後夢又趕走了前夢．
去的前夢黑如墨在的後夢墨一般黑；
去的在的仿佛都說，「看我真好顏色」．
顏色許好，暗裏不知；
而且不知道說話的是誰？
暗裏不知身熱頭痛．
你來你來明白的夢．

＊　＊　＊

愛之神
　　　　唐　俟．

一個小娃子展開翅子在空中，
一手搭箭一手張弓，
不知怎麼一下，一箭射着前胸．
「小娃子先生謝你胡亂栽培！
但得告訴我我應該愛誰？」
娃子着慌搖頭說，「唉！
你是還有心胸的人竟也說這宗話．
你應該愛誰我怎麼知道．
總之我的箭是放過了！
你要是愛誰便沒命的去愛他；
你要是誰也不愛也可以沒命的去自己死掉．」

桃花
　　　　唐　俟．

桃花開在園西李花開在園東．
春雨過了太陽又很好隨便走到園中．
我說，「好極了！ 桃花紅李花白．」

二一〇

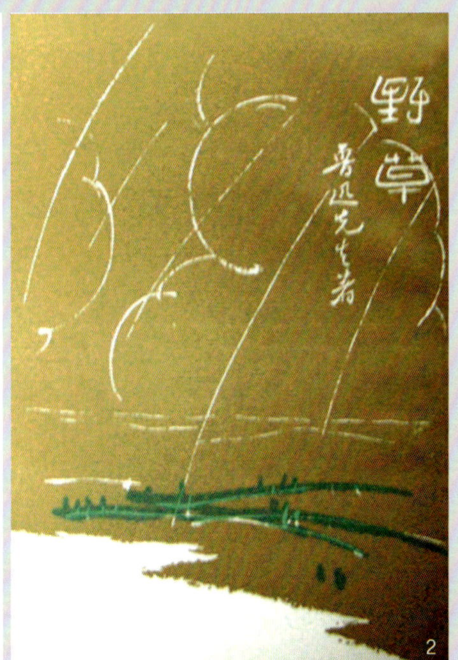

1 『신청년』에 실린 루쉰의 신시　　　3 상하이 루쉰기념관 현관 「자조(自嘲)」 시구
2 『야초』 표지

血沃中原肥勁草
寒凝大地發春華
英雄多故謀夫病
淚灑崇陵噪暮鴉

我的所愛在豪家
欲往從之兮沒有汽車
仰頭無法淚如麻
愛人贈我玫瑰花
回以什么赤練蛇
從此翻臉不理我
不知何故兮由她去罷

魯迅

靈臺無計逃神矢
風雨如磐闇故園
寄意寒星荃不察
我以我血薦軒轅

二十一歲時作　三十一歲時
寫於辛未舊曆除夕也　魯迅

廿年居上海
每日見中華
有病不求藥
無聊才讀書
一闊臉就變
所砍頭漸多
忽而又下野
南無阿彌陀

鄔其山仁兄教正
辛未初春書請
魯迅

## ◎ 일러두기

1. 이 책은 루쉰(魯迅)의 구체(舊體) 한시와 신시에 대한 한글 역주(譯註) 전집이다.

2. 이 책의 원문은 루쉰 당시의 텍스트를 중시한다는 측면에서 본래 발표된 지면의 번체자로 입력하였다. 마지막 원문 교열은 『루쉰전집(魯迅全集)』(全18卷)(北京: 人民文學出版社, 2005)과 비교하여 그 상이점을 확인하였다.

3. 이 책에 실린 루쉰의 산문시 10편은 『야초(野草)』에서 뽑은 것이다. 산문시는 루쉰의 시 세계를 이해하기 위한 부록의 성격을 지니고 있지만, 루쉰 정신의 한 핵심을 구현하고 있다는 측면에서는 오히려 루쉰 전체 시의 귀결점이라고도 할 수 있다. 『야초』에 실린 전체 작품을 산문시로 볼 수 있느냐의 문제는 다소 논란이 있을 수 있으므로, 이 책에서는 그중 산문시로서의 특징을 가장 잘 보여주는 10편을 뽑아 번역하였다.

4. 이 책은 크게 루쉰의 '구체(舊體) 한시(漢詩)', '신시(新詩)', '산문시(散文詩)' 세 부문으로 구성되어 있고, 또 각 시 작품은 번역, 해설, 원문, 미주 등 모두 네 부분으로 구성되어 있다.

5. 이 책의 편집 순서는 각 부문 별로 루쉰의 창작 순서에 따랐다.

6. 이 책의 중국어 지명과 인명의 우리말 표기는 1911년 신해혁명을 기준으로 그 앞 시대는 우리말 한자음을 우선시하였고, 그 뒷 시대는 현재 통용되는 국립국어원의 중국어 표기법에 따라 표기하였다. 그러나 부분적인 발음에서 중국 현지음을 더 중시한 경우도 있다.

7. 미주의 표제자는 한국 독자를 위해 한국 한자음으로 발음을 표기하였다.

　　루쉰(魯迅)은 시인이다. 그의 산문시 『야초(野草)』는 철리(哲理)가 풍부하고 의미가 심오하며, 게다가 곳곳에서 유머와 풍자를 찾아볼 수 있다. 뿐만 아니라 그의 잡문집도 뤄융(羅庸)의 견해에 의하면 진정한 시(詩)라고 한다. 왜냐하면 매 편 모두 쓸 데 없는 수식을 전혀 하지 않고 칼날 같은 구절을 이어 놓아 옛 사부(辭賦) 작품과는 판이한 풍격을 보여주면서도 루쉰 특유의 개성이 깃들어 있기 때문이라고 한다. 그의 구체(舊體) 한시(漢詩)는 일종의 여기(餘技)로 이따금 한 수씩 지을 뿐이었지만, 그 의미와 음절의 조화가 잘 강구되어 있고 공력이 깊어서 일가의 풍격을 이루고 있다고 할 만 하다.

— 쉬서우창(許壽裳)*, 「회구(懷舊)」

　　魯迅是詩人, 不但他的散文詩『野草』, 內含哲理, 用意深邃, 幽默和諷刺, 隨處可尋. 就是他的雜感集, 依羅膺中看法, 也簡直是詩, 因爲每篇都是短兵相接, 毫無鋪排, 異于辭賦, 而且中有我在. 至于舊詩, 雖不過是他的餘事, 偶爾爲之, 可是意境和音節, 無不講究, 工夫深厚, 自成風格.

— 許壽裳, 「懷舊」

*쉬서우창(許壽裳: 1883-1948) : 자(字)는 지푸(季市)이고 호(號)는 상쑤이(上遂)로 중국 저장성(浙江省) 사오싱(紹興) 사람이다. 루쉰과 동향으로 일본 유학 생활을 함께 하였고 함께 귀국하여 저장양급사범학당(浙江兩級師範學堂) 교사 생활도 함께 하였으며 교육부 공무원 생활도 줄곧 함께 하였다. 또 1922년 베이징여사대(北京女子高等師範學校) 교장으로 취임해서 루쉰을 겸임교수로 초빙하여 당국의 보수적인 교육 정책에 맞서 함께 투쟁하다가 함께 면직되었다. 1936년 루쉰이 세상을 떠나자 루쉰의 문학·학문·사상을 널리 알리기 위하여 전심전력을 다하였다. 그가 남긴 루쉰 연구 저작은 현재 루쉰 연구에 관한 제1차 경전적인 저작으로 꼽힌다. 1946년 타이완(臺灣) 편역관 관장으로 취임했다가 1948년 2월 18일 의문의 암살을 당하였다. 저서로 『장빙린전(章炳麟傳)』, 『내가 아는 루쉰(我所認識的魯迅)』, 『중국문자학(中國文字學)』 등이 있다.

## 신시 _ 195

# 구체 한시
## (舊體 漢詩)

# 아우들과 이별하며[3수]

1.

삶은 어쩔 수 없이 분주한 법
아우들과 헤어져 타향살이다
마음조차 처절한 이곳
외로운 등불 긴긴 밤 비가 내린다


2.

돌아온 지 얼마 안 돼 또 떠나야 한다
해저물녘 서글픔 다시 솟고
양편 수양버들 끝없이 이어진 길
아득한 눈길 속에 단장화(斷腸花)로 변하는 듯

3.

한 번 이별에 또 한 해가 지나간다

만리 길 세찬 바람에 떠나가는 배

나의 말 한 마디 기억해두기를

좋은 글쓰기는 저절로 되는 게 아니란 걸


◎ 해설

이 시는 루쉰(魯迅)이 1900년 겨울 방학을 맞아 잠시 귀향했다가 다시 난징(南京)으로 돌아갈 때 동생들에게 써준 시이다. 루쉰의 동생은 바로 저우쭤런(周作人)과 저우젠런(周建人)이다. 형제간의 애틋한 정이 잘 녹아 있다.

# 別諸弟三首

謀生無奈日奔馳,

有弟偏敎各別離.

最是令人凄絶處,

孤檠長夜雨來時.


還家未久又離家,

日暮新愁分外加.

夾道萬株楊柳樹,[1]

望中都化斷腸花.[2]


從來一別又經年,

萬里長風送客船.

我有一言應記取,

文章得失不由天.

1) 양류(楊柳) : 수양버들. 고대 중국 사람들은 이별할 때 흔히 버드나무[柳]를 꺾어서 아쉬운 마음을 표시하였다. '류(柳 : liǔ)'의 발음이 '류(留 : liú)'와 유사하여 떠나가는 사람을 머물게 하고 싶다는 의미를 담고 있다.

2) 단장화(斷腸花) : 추해당(秋海棠: 베고니아). 사람을 그리워하는 정이 지극할 때 흔히 단장화로 비유한다. 애간장이 끊어진다는 꽃 이름의 이미지를 따온 것이다. 『광군방보(廣群芳譜)』 권36 「추해당(秋海棠)」 단락에 『채란잡지(采蘭雜志)』의 다음과 같은 내용이 인용되어 있다. "옛날 어떤 여인이 사랑하는 사람을 그리워하며 항상 북쪽 담장 아래에서 눈물을 흘렸다. 뒷날 눈물이 뿌려진 곳에서 화초가 자랐는데 꽃이 매우 아름다웠고, 마치 그 여인의 얼굴처럼 생겼다. 잎의 앞면은 녹색이고 뒷면은 빨간색이었다. 가을에 꽃이 피며 일명 단장화(斷腸花)라고도 한다. 지금의 추해당(秋海棠)이 그것이다."

# 연밥

마름 치마에 연꽃 띠 매고 선계(仙界)에서 살아간다

바람이 멈추어도 벽옥(碧玉) 향기 실려온다

해오라기도 오지 않아 쓸쓸한 이 가을에

갈대꽃과 잠자는데 이슬 촉촉히 맺혀온다

분가루를 닦아내고 꼿꼿한 모습으로

붉은 치마 내던지고 담담한 화장법 배운다

그대 모습 깨끗하다고 염계(濂溪) 선생께 자랑할 터

시든 낙엽 따라서 추운 연못에 떨어지지 말길

◎ 해설

이 시는 1900년 초가을 난징(南京)에서 지어진 것이다. 연꽃이 지고난 후 가을 연못에 우뚝하게 솟아 있는 연밥을 통해 청년 루쉰의 이상적인 인격 및 이성관(異性觀)을 드러내고 있다.

# 蓮蓬人[1]

芰裳荇帶處仙鄕,

風定猶聞碧玉香.

鷺影不來秋瑟瑟,

葦花伴宿露瀼瀼.

掃除膩粉呈風骨,

褪却紅衣學淡妝.

好向濂溪稱淨植,[2]

莫隨殘葉墮寒塘.

◎ 미주

1) 연봉인(蓮蓬人) : 연밥. '연봉(蓮蓬)'은 '연방(蓮房)'과 통한다. 또 연밥이 익어갈 때는 약한 줄기가 바람 속에 흔들리는 모습이 마치 노인이 비틀거리며 걷는 모습과 같다고 하여 '연봉인(蓮蓬人)'이라고 한다.

2) 염계(濂溪) : 북송(北宋) 성리학의 개조(開祖) 주돈이(周敦頤)의 호(號). 루쉰의 조부 개부공(介孚公)은 항상 주돈이의 후예임을 자처하며 여남(汝南) 주씨(周氏)를 칭하였다. 주돈이에게는 명문 「애련설(愛蓮說)」이 있다.

# 경자년 조왕신을 보내며

제수는 닭 한 마리와 조청

옷을 전당 잡혀 촛불을 피웠다

집안에 별다른 물건도 없는데

어찌 유독 황양(黃羊)만이 없겠는가?

● 해설

　　이 시는 1901년 2월 11일(음력 1900년 12월 23일)에 지어진 것이다. 옛날 중국에서는 음력 12월 23일 조왕신(竈王神)에게 제사를 지냈다. 일반적으로 양머리를 제수로 썼지만 양머리가 없으면 닭을 쓰기도 하고, 닭이 없으면 가래떡으로 닭 모양을 만들어 썼다. 루쉰의 가정은 이 당시 몰락하여 흔히 집안의 가구나 옷을 전당포에 잡혀 돈을 마련하였다. 본래 조왕신에게 제사를 지내는 것은 가정의 행복과 부귀를 기원하는 것인데, 오히려 그 조왕신이 집안의 행복은 지켜주지 못할망정 옷을 잡히게 해서까지 제사 음식을 받아먹는 것은 조왕신의 탐욕이라고 풍자하는 것이다.

# 庚子送竈即事

隻鷄膠牙糖,[1]

典衣供瓣香.[2]

家中無長物,[3]

豈獨少黃羊.[4]

◎ 미주

1) 교아당(膠牙糖) : 엿기름으로 만든 물엿[조청].
2) 전의(典衣) : 전당포에 옷을 잡히는 것.
3) 장물(長物) : 불교 용어로 여러 가지 물건을 가리킴.
4) 황양(黃羊) : 그믐날 제사에 쓰는 양.

# 책의 신에게 드리는 제문

　때는 경자년(庚子年)이라, 가도(賈島)가 자신의 시(詩)에 제사 지낸 제야(除夜)에 콰이지(會稽 회계)의 자젠셩(夏劍生: 알검생) 등은 삼가 냉수 한 그릇과 국화꽃을 차려 서신(書神) 장은(長恩)님께 제(祭)를 올리며 보잘 것 없는 글을 엮어 아뢰옵니다.

오늘 저녁은 한 해 마지막 밤
향불 향내 가득하고 촛불은 붉게 타오릅니다
돈의 신은 취했고 돈의 노예들은 종종거리는데
신령님께서는 어찌 홀로 너덜대는 책만 지키시옵니까?
화려한 주연 베풀어져 주향(酒香)은 짙게 퍼지고
깊은 밤을 알리는 북소리 울리며 밤은 길게 이어집니다
사람들은 왁자지껄 취향(醉鄕)으로 접어들면서도
그 누가 신령님께 술 한 잔을 올리나이까?
돈과는 절교했어도 너덜대는 책은 남아 있어
술잔을 잡고 크게 부르오니 우리 집으로 강림하소서
담황색 책보자기 깃발 삼고 향초 책상자 수레 삼아
맥망(脈望)을 이끌고 책벌레에 수레 멍에 메소서

냉수 한 사발과 국화 꽃잎을 제수로 삼아

미친 듯 『이소(離騷)』를 낭송하며 신령님께 기쁨을 드리고자 하오니

신령님께서는 어서 오소서, 주저하지 마시옵소서

신령님의 친구인 칠비(漆妃:먹)와 관성후(管城侯:붓)께서는

필해(筆海:벼루)를 향해 거드름을 피우고

문총(文冢:종이)에 기대 주저하고 있나이다

맥망을 이끌어 신선이 되게 하시고

책벌레는 데리고 와 즐겁게 노시옵소서

저 속물들은 신령님의 원수이니

문턱을 넘어와 신령님에게 치욕을 주지 말게 하소서

저들이 말을 듣지 않는다면 예리한 검(劍)으로 제지하시고

옛 서적을 펼쳐 저들의 목구멍을 막으소서

또한 관성후도 날카롭게 붓두껍에서 나오게 하여

저들로 하여금 근심에 젖어 덜덜 떨게 하소서

차라리 독서광을 부르고 시인들을 오게 하여

저를 위해 책을 지켜주시면 그 기쁨이 끝이 없을 것입니다

뒷날 학궁에서 공부하고 과거에 급제하여

진귀한 책을 사서 신령님께 보답하겠사옵니다


◉ 해설

1900년 음력 섣달 그믐날(1901년 2월 18일) 지어진 초사체(楚辭體) 시이다. 물욕에서 벗어나 청빈한 문인으로서의 삶을 꿈꾸는 소년 루쉰의 낭만적인 심정을 엿볼 수 있다.

# 祭書神文

上章困敦之歲,[1]　賈子祭詩之夕,[2]　會稽[3]憂劍生[4]等謹以
寒泉冷華,[5]　祀書神長恩,[6]　而綴之以俚詞曰:

今之夕兮除夕,

香焰氤氳兮燭焰赤.

錢神醉兮錢奴忙,

君獨何爲兮守殘籍?

華筵開兮臘酒香,

更點點兮夜長.

人喧呼兮入醉鄉,

誰薦君兮一觴.

絶交阿堵兮尙剩殘書,[7]

把酒大呼兮君臨我居.

綷旗兮芸輿,[8]

挈脈望兮駕蠹魚.[9]

寒泉兮菊菹,

狂誦『離騷』兮爲君娛,10)

君之來兮毋徐徐.

君友漆妃兮管城侯,

向筆海而嘯傲兮,

倚文冢以淹留.

不妨導脈望而登仙兮,

引蠹魚之來游.11)

俗丁傖父兮爲君仇,12)

勿使履閾兮增君憂.

若勿聽兮止以吳鉤,13)

示之丘索兮棘其喉.14)

令管城脫穎以出兮,

使彼惙惙以心愁.

寧召書癖兮來詩囚,15)

君爲我守兮樂未休.

他年芹茂而樨香兮,16)

購異籍以相酬.


◉ 미주

1) 상장곤돈(上章困敦) : 고갑자(古甲子)의 호칭법에 의하면 '경(庚)'은 '상장
　(上章)', '자(子)'는 '곤돈(困敦)'이 된다.

2) 가자제시지석(賈子祭詩之夕) : '가자(賈子)'는 중국 당대(唐代) 시인가도(賈

島)이다. 가도(賈島)는 시를 지을 때 시구를 정성스럽게 갈고 다듬기로 유명하여 고음(苦吟) 시인으로 불렸다. 그는 섣달 그믐날 일 년 동안 지은 시를 모아 놓고, 술을 마련하여 제사를 지내며 자신의 고단한 정신을 위로했다고 한다.

3) 콰이지(會稽: 회계) : 루쉰의 고향 사오싱(紹興).

4) 자젠성(戛劍生: 알검생) : 당시 루쉰의 필명.

5) 냉화(冷華) : 국화(菊花)의 별칭.

6) 장은(長恩) : 중국 전설에 나오는 책의 신. 섣달 그믐날 그 이름을 부르며 제사를 지내면, 한 해 동안 쥐가 책을 갉아먹지 않고, 책벌레도 생기지 않는다고 한다.

7) 아도(阿堵) : 즉 아도물(阿堵物, 돈의 별칭.

8) 상기혜운여(緗旗兮芸輿) : '상(緗)'은 담황색 비단으로 책을 싸는 보자기를 가리킨다. '운(芸)'은 향초인 운향(芸香)이다. 운향을 책속에 넣어 두면 좀이 슬지 않는다고 한다. 따라서 책을 보관하는 서고를 운각(芸閣)이라고 하고, 책을 흔히 운편(芸編)이라고 하며, 또 서재를 운창(芸窓)이라고도 한다. 여기에서는 책을 보관하는 작은 상자를 가리킨다.

9) 맥망(脈望) : 중국 전설에 의하면 책벌레가 고서속의 '신선(神仙)'이란 글자를 세 번 먹으면 신선과 같은 영물(靈物)이 된다고 하는데, 이를 맥망(脈望)이라고 한다.

10) 『이소(離騷)』 : 중국 전국시대 초(楚) 나라 시인 굴원(屈原)의 작품으로 전해지는 초사체(楚辭體) 문장의 대표작. 간신들의 참소로 추방된 굴원이 강호를 방랑하며 가슴속 울분을 환상적으로 표현했다고 함.

11) 책의 신 장은(長恩)은 본래 책을 보호하는 신인데, 루쉰이 여기에서 이렇게 표현한 것은 현실적인 풍자의 의미가 있다. 당시 루쉰이 남경으로 가는데 큰 도움이 된 족숙(族叔) 자오성(椒生)은 변법(變法)과 혁명(革命)을 모두 반대하는 인물이었다. 그는 도교(道敎)에 심취하여 매일 아침 『태상감응편(太上感應篇)』을 낭송할 정도였다. 그리하여 루쉰은 이를 은근히 풍자하면서, 맥망(도교의 신선과 연관됨)을 신선 세계로 보내고 책

벌레는 데리고 와서 흡족하게 대접하여 다시는 고서 속에 침입하지 말라고 부탁하는 것이다.

12) 속되고 비천한 무리는 구체적으로 장웨이허(姜渭河)를 가리킨다. 당시 저우쭈어런은 공부는 뒷전으로 제쳐둔 채 불량끼가 역력한 장웨이허와 어울려 다니며 허송 세월을 하고 있었다.

13) 오구(吳鉤) : 검(劍)처럼 생겼으나 갈고리처럼 굽은 날카로운 무기. 중국 춘추시대 오(吳) 나라 사람들이 이 무기를 잘 만들었으므로 '오구(吳鉤)'라고 한다.

14) 구삭(丘索) : 팔삭구구(八索九丘)를 가리킴. 중국 고대 전설상의 책이다. '팔삭(八索)'을 팔괘(八卦)로 보기도 하며, '구구(九丘)'는 중국 고대 구주(九州)의 지지(地志)라고도 한다.

15) 시수(詩囚) : 중국 당대(唐代) 맹교(孟郊)나 가도(賈島) 등은 고통스러울 정도로 좋은 시구를 찾기 위해 노력했으므로, 시에 의해 구속된 죄수라는 의미로 '시수(詩囚)'라고 하였다. 후세에 흔히 시에 미친 고음(苦吟) 시인을 가리킨다.

16) 근무이서항(芹茂而樨香) : '근(芹)'은 물가에 사는 미나리. 중국 고대 천자(天子)의 학궁(學宮)은 주위에 사방으로 해자를 파 물을 채웠고, 제후의 학궁은 동쪽과 서쪽 문 남쪽으로 절반만 해자를 파서 물을 채웠다. 이 해자를 반수(泮水)라고 부르고 학궁을 흔히 반궁(泮宮)이라고 하였다. 성균관을 반궁(泮宮)이라고 하는 것도 여기에서 유래하였다. 물에는 미나리 같은 수초가 무성하게 자라므로 '미나리가 무성하다[芹茂]'는 것은 학문이 뛰어나 과거에 급제함을 비유한다. '서항(樨香)'은 계수나무 꽃이다. 중국의 진사시(進士試)는 일반적으로 가을에 시행하였으므로 추시(秋試), 또는 추위(秋闈)라고 하였고, 계수나무는 가을에 꽃이 피므로 과거에 급제하는 것을 '계수나무를 꺾다[折桂]'로 표현하였다. 이 당시만 해도 루쉰과 저우쭈어런이 과거 급제를 통한 전통적인 지식인의 길을 꿈꾸고 있었음을 알 수 있다.

# 아우들과 이별하며<sup>3수</sup>
## 신축년 2월 발문도 함께 쓰다

1.

꿈길마다 나의 영혼 고향길을 치달린다
세상사 쓰린 이별 처음으로 알게 되었다
한밤중 침대에 기대 아우들 생각 간절한데
등불은 꺼져 가고 달빛만 휘영청 밝다


2.

날 저물녘 객선이 농가 곁에 멈추었다
가시울을 두른 집에 나무 가지도 우거졌다
고향집의 즐거운 삶 구슬프게 떠오르는데
그 어느 때 물동이 안고 함께 꽃을 길러보나?

3.

춘풍은 쉽사리도 화려한 시절 쓸어가고

안개 덮인 파도 위를 밤배가 달려간다

무슨 일로 할미새는 한사코 뽐을 내며

돛대 위를 따라 날며 넓은 하늘을 건너는가?


둘째 동생이 내가 지난 봄 써준 이별시의 원운(原韻)에 차운(次韻) 시를 지어 송별하며 나에게 화답시를 요청하였다. 그러나 붓을 잡을 때마다 바로 마음이 암담해져서 시 쓰기를 멈추곤 하였다. 10여일이 지나 객창(客窓)에서 우연히 틈이 나 건성으로 시구를 완성하여 동생들에게 우송하였다. 아! 누각에 올라 눈물을 흘린다 했으니, 영웅도 꼭 집을 잊는 것은 아니다. 작별의 손을 잡자 넋이 다 나갈 지경이었는데, 형제들은 결국 다른 곳에 거처를 두게 되었다. 깊은 가을 밝은 달이 나그네를 비추며 더욱 밝아지고, 추운 밤 애원(哀怨)의 피리 소리는 나그네를 만나 그 애원을 더한다. 이런 심정과 이런 정경은 모두 시름겨운 슬픔이 아닌 것이 없다.

신축년 중춘 자젠성이 다듬어 쓰다.


◎ 해설

이 시는 1901년 3월 15일(음력 1월 25일)에 지어졌다. 고향에 돌아와 설을 쇠고 다시 난징(南京)으로 가는 도중 지어진 것으로 보인다. 칠언절구의 형식 속에 어릴 적 루쉰 형제의 우애가 아름답게 묘사되어 있다.

# 別諸弟三首
## 辛丑二月幷跋

夢魂常向故鄕馳,

始信人間苦別離.

夜半倚床憶諸弟,

殘燈如豆月明時.


日暮舟停老圃家,

棘籬繞屋樹交加.

悵然回憶家鄕樂,

抱甕何時更養花?


春風容易送韶年,

一棹烟波夜駛船.

何事脊令偏傲我,[1]

時隨帆頂過長天.

仲弟次予去春留別元韻三章，卽以送別，幷索和．予每把
筆，輒黯然而止．越十餘日，客窓偶暇，潦草成句，卽郵寄之．
嗟乎！登樓隕涕，英雄未必忘家．執手消魂，兄弟竟居異地！深
秋明月，照游子而更明．寒夜怨笳，遇羈人而增怨．此情此景，
蓋未有不悄然以悲者矣！

辛丑年仲春戞劍生擬删草



1) 척령(脊令) : '척령(鶺鴒)'이라고도 쓴다. 할미새이다. 할미새는 형제간에
우애가 깊으며 어려울 때 서로 돕는다고 한다.(『시경(詩經)·소아(小雅)·
당체(常棣)』) 여기서 루쉰은 형제간에 헤어져 서로 돕지 못하는 것이 할
미새의 우애보다 못함을 노래한 것이다.

# 낙화를 슬퍼하며<sup>4수</sup>

상주(湘州) 장춘원(藏春園) 주인의 시
원운을 그대로 따라 짓다.

**1.**

새 소리와 방울 소리 꿈속에도 들려온다

꽃 그늘에 조용히 서서 개는 날씨 바라본다

놀랍게도 붉은 꽃잎 나비 따라 펄펄 날고

상쾌하게도 푸른 새싹 섬돌 둘러 자라난다

하늘은 모란 꽃을 지나치게 시기하나

작약 꽃이 피어날 땐 깊은 정이 배가 된다

내 마음 수심에 차서 풀리지 않는 것은

사방 처마에 가랑비가 가을 소리 전하기 때문

**2.**

버들 솜 좋아 떠도는 몸 가련한 이 신세여

황금 집에 어느 시절 고운 임을 모셔보나?

이슬비 오실 때에 가시나무로 바자울 막자

훈풍은 마음 깊어 꽃가지도 안 울린다
석양 속에서 젓대 가락 재촉하지 마시고
차라리 봄 볕 속에 다리 밟기나 하시기를
자칫 가을 되어 변방 기러기 날아올 터
목란(木蘭) 배에 술을 싣고 경쾌하게 노 젓는다


3.

쌀쌀한 2월 가랑비 오시는 때
홍두(紅豆)가 아니어도 그리운 임 생각난다
금침 위나 나막신 아래 떨어진 꽃 애달퍼서,
대나무로 울을 엮어 꽃나무를 보살핀다
마음을 달래주는 소심(素心) 향기 소매에 젖고
흥취 돋우는 작약 피어 잔 넘치게 술 따른다
어찌하여 무정하게 봄바람은 불어와서
깊은 정원 도미꽃이 가지 가득 꽃피우나?


4.

온갖 꽃들 들판 둘러 화사함을 다투는 때
꽃잎 아래 한가롭게 호랑나비 잠들었다
집 밖에서 나만 홀로 꽃밭을 가꾸는데
다행히 꽃 기르기 좋은 날씨 만났다

고운 새도 나와 함께 봄이 감을 슬퍼하나

수려한 들판 지나다가 불타는 꽃을 마주한다

당(唐) 나라 궁궐 꽃밭 방울 달기 본받아서

붉은 난간 가에다 금방울을 매달아 본다


◎ 해설

이 시는 1901년 4월 8일에서 4월 14일 사이에 난징(南京)에서 지어졌다. 1901년 정월에 과거 시험 부정 사건으로 구속되어 있던 루쉰의 조부가 친구의 도움으로 석방되고, 또 4월에는 루쉰과 딩자눙(丁家弄) 주씨(朱氏) 집안의 처녀 주안(朱安)과 혼담이 오고가는 등 루쉰 집안이 비교적 경사스러운 분위기에 젖어 있었다. 당시 21세이던 루쉰은 이와 같은 분위기 하에서 미래의 아름다운 여인에 대한 꿈을 이 시에 기탁하고 있다. 사춘기에서 청년기로 접어 들던 루쉰의 청순하고 고운 희망과 흘러가는 청춘에 대한 아쉬움이 녹아 있는 시이다. 본래 장춘원(藏春園) 주인의 원시(原詩) 운자(韻字)의 순서는 제3수가 제2수보다 앞에 있으나 여기에서는 루쉰의 작품 순서대로 번역하여 싣는다.

# 惜花四律
步湘州藏春園主人元韻[1]

鳥啼鈴語夢常縈,[2]

閑立花陰盼嫩晴.[3]

怵目飛紅隨蝶舞,

開心茸碧繞階生.

天于絶代偏多妒,[4]

時至將離倍有情.[5]

最是令人愁不解,

四簷疏雨送秋聲.[6]

劇憐常逐柳綿飄,[7]

金屋何時貯阿嬌?[8]

微雨欲來勤插棘,

熏風有意不鳴條.[9]

莫敎夕照催長笛,[10]

且踏春陽過板橋.[11]

祗恐新秋歸塞雁,

蘭艭載酒槳輕搖.[12]


細雨輕寒二月時,

不緣紅豆始相思.[13]

墮裀印屐增惆悵,[14]

插竹編籬好護持.[15]

慰我素心香襲袖,[16]

撩人藍尾酒盈巵.[17]

奈何無賴春風至,

深院荼蘼已滿枝.[18]


繁英繞甸競呈姸,

葉底閑看蛺蝶眠.

室外獨留滋卉地,

年來幸得養花天.

文禽共惜春將去,[19]

秀野欣逢紅欲然.[20]

戲仿唐宮護佳種,

金鈴輕縮赤闌邊.[21]

1) 상주상춘원주인원운(湘州藏春園主人元韻) : '상주(湘州)'는 중국 후난성(湖南省) 창사(長沙) 일대이다. '장춘원주인(藏春園主人)'은 창사(長沙) 사람 린부칭(林步靑)으로, 당시 상하이(上海)에 거주하며 『상하이문사일록(上海文社日錄)』에 「석화사률(惜花四律)」을 발표하여 창화시(唱和詩)를 모집한다고 하였다. 루쉰은 바로 린부칭의 「석화사률(惜花四律)」 시의 원운(原韻)에 의거하여 자신의 심정을 읊었다. '원운(元韻)'은 원운(原韻)이다.

2) 영어(鈴語) : 중국 당대(唐代) 궁중에서는 꽃을 오래 보기 위하여 꽃나무 가지에 줄을 매고 방울을 달아 새가 날아오면 줄을 당겨서 방울 소리로 새를 쫓아냈다고 한다.(왕인유(王仁裕), 『개원천보유사(開元天寶遺事)』 권상(卷上)』)

3) 눈청(嫩晴) : 비가 온 후 갓 갠 날씨.

4) 절대(絶代) : 쌍관어(雙關語). 하나의 시어(詩語) 속에 발음이 같거나 비슷한 두 가지 의미가 담겨 있는 것. 첫째 의미는 '모란(牧丹)'을 가리킨다. 모란은 부귀를 상징하며 백화(百花)의 으뜸이라고 하여 '화왕(花王)'이라고 불린다. 둘째 의미는 절세가인(絶世佳人)으로 청년 루쉰이 그리는 아름다운 여성을 가리킨다.

5) 장리(將離) : 쌍관어(雙關語). 첫째 의미는 작약(芍藥)을 가리킨다. 작약의 별칭이 '장리(將離)'이다. 둘째 의미는 장차 헤어져야 하는 사람을 가리킨다. 따라서 중국 고대에는 헤어질 때 작약꽃을 꺾어서 서로 주고받는 풍습이 있었다고 한다.

6) 사첨소우송추성(四檐疏雨送秋聲) : 덧 없이 흘러가는 청춘을 슬퍼하는 구절이다.

7) 유면(柳綿) : 유서(柳絮) 즉 버들솜이다. 중국 전설에 의하면 버들솜이 떠돌다가 물에 떨어지면 부평초가 된다고 한다. 고향을 떠나 정처없이 떠도는 신세를 비유한다.

8) 아교(阿嬌) : 아름다운 여인을 가리킨다.(루쉰, 『고소설구침(古小說鉤沉)·한무제고사(漢武帝故事)』)

9) 훈풍(熏風) : 남풍(南風).

10) 막교석조최장적(莫敎夕照催長笛) : 한유(韓愈), 「유별장사군(留別張使君)」 :
    "젓대[피리] 가락 급해지며 지는 해를 재촉하네.(鳴笛急吹催落日.)" 루쉰은
    이 구절의 의미를 뒤집어서 사용하고 있다.

11) 차답춘양과판교(且踏春陽過板橋) : 유우석(劉禹錫), 「죽지사(竹枝詞)」 : "영
    안궁 밖에서 답청하고 왔다네.(永安宮外踏靑來.)" 신록(新綠)을 밟으며 봄
    을 즐기는 것을 '답청(踏靑)'이라고 한다.

12) 난쌍(蘭艭) : '난(蘭)'은 목란(木蘭)이다. 목란은 향기로운 나무이다. 옛날
    중국에서는 목란 나무로 놀이용 배를 만들었다.(『술이기(述異記)』) 루쉰
    의 고향인 사오싱(紹興)에서는 봄나들이를 나갈 때 흔히 남녀 각 한 대
    씩 배를 타고 춘흥을 즐겼다고 한다. '쌍(艭)'은 작은 배이다.

13) 홍두(紅豆) : '상사자(想思子)'라고도 한다. 원산지는 아프리키이지만 열
    대지방과 중국 남방에 많이 자란다. 열매는 타원형으로 윗부분은 밝은
    홍색이며 아랫부분으로 갈수록 검다. 중국 시(詩)에서 흔히 그리움을
    나타내는 상징으로 많이 쓰였다.(왕유(王維), 「상사(想思)」)

14) 타인인극(墮茵印屐) : 떨어진 꽃잎이 날리어 고귀한 집의 비단 이불에도
    떨어지고, 유람하는 사람들의 신발 아래에도 떨어진다는 뜻으로, 인생
    무상 또는 인간의 불가항력적인 운명을 비유한다.

15) 삽죽편리호호지(插竹編籬好護持) : 육유(陸游)의 「동호신죽(東湖新竹)」 시에
    "插棘編籬謹護持"란 구절이 있다.

16) 소심(素心) : 쌍관어(雙關語). 첫째 의미는 '평소의 뜻[지조]'을 가리킨다.
    둘째 의미는 난초의 일종인 '소심(素心)'을 가리킨다.

17) 남미(藍尾) : 쌍관어(雙關語). 첫째 의미는 남미춘(藍尾春)으로 작약꽃을 가
    리킨다. 작약은 늦봄에 가장 마지막으로 피는 꽃이므로 '남미(藍尾)'는
    최후(最後) 또는 최말(最末)의 의미로도 쓰인다. 따라서 주연(酒宴)에서
    나이가 어린 순서대로 술을 마실 때 가장 나이 많은 사람이 맨 마지막
    에 술을 마시는데 이 술을 '남미주(藍尾酒)'라고 한다. 둘째 의미는 바로
    이 '남미주(藍尾酒)'를 가리킨다. 루쉰은 3형제 중에 장남이므로 '남미

주(藍尾酒)’를 마시게 된다.

18) 도미(荼蘼) : ‘도미(荼蘼)’ 또는 ‘도미(酴醾)’라고도 쓴다. 학명은 ‘Rubus commersonii’이다. 장미과에 속하는 낙엽 관목으로 모든 봄꽃이 다 진 늦봄과 초여름에 흰색 꽃이 핀다. 따라서 ‘도미꽃이 피면 봄꽃은 끝난다(開到荼蘼花事了)’라는 속담이 있다. 소식(蘇軾)도 「도미화(荼蘼花) · 보살천(菩薩泉)」에서 “도미꽃은 봄을 다투지 않고, 쓸쓸하게 가장 늦게 핀다(荼蘼不爭春, 寂寞開最晩)”라고 하였다.

19) 문금(文禽) : 깃털이 화려한 새. ‘문(文)’은 ‘문(紋)’과 통한다.

20) 홍욕연(紅欲然) : 두보(杜甫), 「절구 2수(絶句二首)」 : “강이 파아라니 물새 더욱 희고, 산이 푸르니 꽃빛이 불타는 것 같네.(江碧鳥逾白, 山青花欲然.)”

21) 금령(金鈴) : 이 시 각주 2) 참조.

# 작은 사진에 부친 시

내 마음은 결국 큐피트의 화살을 피할 수 없고
비바람은 무겁게 덮여 고향 땅이 어두워진다
차가운 별에 부친 마음 고운 임은 몰라주어도
나의 이 뜨거운 피 내 조국에 바치리라

◉ 해설

　　이 시는 루쉰이 일본 도쿄에서 유학할 때인 1903년에 문경지우(刎頸之友) 쉬서우창(許壽裳: 1883－1948)에게 증정한 것이다. 루쉰이 청(淸) 나라 유습인 변발을 자르고, 그 기념으로 사진을 찍은 뒤 그 사진을 친구 쉬서우창에게 증정하였고, 얼마 뒤 다시 이 시를 써서 보내왔다고 한다. 루쉰의 청년 시절 강건한 의식을 잘 보여주는 대표적인 작품으로 인정되고 있다.

# 自題小像[1]

靈臺無計逃神矢,[2]

風雨如磐暗故園.[3]

寄意寒星荃不察,[4]

我以我血薦軒轅.[5]

◉ 미주

1) 소상(小像) : 루쉰의 기념 사진이다.

2) 영대무계도신시(靈臺無計逃神矢) : '영대(靈臺)'는 사람의 마음이다(『장자(莊子)·경상초(庚桑楚)』). '신시(神矢)'는 사랑의 신 큐피트(Cupid)의 화살이다. 그리스 신화에 의하면 큐피트의 화살을 맞은 사람은 반드시 누군가를 사랑하게 된다고 한다. 청년 루쉰의 가슴에 이성과 조국에 대한 사랑이 싹틈을 비유하고 있다.

3) 풍우여반암고원(風雨如磐暗故園) : 관휴(貫休)의 「협객시(俠客詩)」에 "黃昏風雨黑如磐"이란 구절이 있다.

4) 전불찰(荃不察) : 굴원(屈原), 「이소(離騷)」: "고운 임께서는 나의 마음 몰라주고, 참소를 믿고 급히 노여워하시네(荃不揆余之中情兮, 反信讒而齋怒)." '전(荃)'은 일종의 향초(香草)로 흔히 임금이나 사랑하는 임을 비유한다.

‘규(揆)’는 ‘찰(察)’과 통한다.

5) 헌원(軒轅) : 『사기·오제본기(五帝本紀)』: “황제(黃帝)는 소전(少典)의 아
들인데 성(姓)은 공손(公孫)이고 이름은 헌원(軒轅)이다.(黃帝者, 少典之子,
姓公孫, 名曰軒轅.)” 중국을 상징한다.

# 졸병

세이조

군사학교

대장군들은

위풍도 당당해

곳곳에 정신이 살아

가슴펴고 씩씩한 행진

무슨 자유 평등 떠벌리나

군바리 졸병이 제 본분일세

◎ 해설

　이 시는 1903년 봄 여름 사이에 지어진 보탑시(寶塔詩)이다. 보탑시는 한 자를 마치 탑처럼 쌓아 올려 의미를 부여하는 중국 전통 시체의 하나이다. 루쉰은 당시 일본 토꾜에서 유학할 때 보황파(保皇派) 유학생들이 세이조(成城: せいぞ) 군사학교에 건성으로 다니면서 변발을 머리에 둘둘 말아 마치 후지산(富士山)처럼 틀어 올리고 왕래하는 것을 목격하고, 이들의 부패하고 안이한 태도를 풍자하기 위하여 이 시를 지었다. 시의 형식에서 벌써 신랄한 풍자의 의미가 담겨 있다.

# 兵

兵

成城

大將軍

威風凜凜

處處有精神

挺胸肚開步行

說甚麼自由平等

哨官營官是我本份[1]

◎ 미주

1) 초관영관(哨官營官) : '초관(哨官)'과 '영관(營官)'은 모두 청(淸) 나라 군대
의 하급 군관들이다. 보황파 유학생들이 결국 부패한 청(淸) 나라 정부
를 위한 하수인이나 주구(走狗)가 될 수밖에 없음을 비유하고 있다.

# 전투가


싸우자! 이 전장은 위대하고 장엄하도다

어찌하여 전우를 버려두고 살아왔는가?

살아서 돌아옴은 큰 치욕이라

당신 어머니 죽을 때까지 매를 치리라


◉ 해설

이 시는 1903년에 씌어진 「스파르타의 혼(斯巴達之魂)」 속에 삽입된 전투가이다. 「스파르타의 혼」은 일본에서 발행되던 애국 잡지 『절강조(浙江潮)』 제5기와 제9기에 발표되었다. 「스파르타의 혼」은 스파르타 동맹군과 페르시아 군대의 치열한 전투를 다룬 소설이다. 300명의 스파르타 전사와 동맹군은 수십만 명에 달하는 페르시아군과 전투를 벌이는데 동맹군의 배신으로 결국 스파르타 전사 300명은 장렬한 최후를 맞는다. 그 중 두 명은 몸이 아파 전투에 참여하지 못하다가 1명은 자기 전우들이 모두 전사하는 걸 보고 아픈 몸을 이끌고 전장으로 달려가 함께 전사한다. 또 다른 1명은 처자식 생각에 고향으로 돌아오지만 남편의 행동을 치욕스럽게 여긴 아내의 질책을 받고 오래지 않아 다시 전투에 참여하여 영광스럽게 죽어간다는 내용이다. 당시 청년 시절 루쉰이 숭상하던 상무정신(尙武精神)을 잘 보여준다.

# 戰哉歌

戰哉! 此戰場偉大而莊嚴兮,

爾何爲遺爾友而生還兮?

爾生還兮蒙大恥,

爾母笞爾兮死則止.

# 판아이눙 군을 애도하며[3수]

1.

비바람 몰아치는 날

판아이눙을 그리워한다

흰 머리 듬성듬성 빠진 모습

벌레같은 무리를 백안시하고

가을철 씀바귀 같은 세상 쓴 맛 보며

속세에도 올곧게 어렵게 살았다

어찌타 3월에 이별한 뒤에

결국 이 비범한 사람을 잃게 되었나?


2.

해초(海草)가 나라 문밖에 푸르도록

오랜 세월 타국에서 나이를 먹었다

여우는 이제사 제 굴을 떠나지만

요사한 꼭두각시 벌써 무대에 오른다
고향 땅엔 찬 구름이 짙게 덮였고
염천(炎天)에도 살 에는 밤 길게 이어진다
그대 홀로 맑은 물에 몸을 던져서
수심 가득한 오장육부를 씻을 수 있나?


3.

술잔 잡고 당세의 일을 토론할 때도
그대는 주정뱅이를 업신여겼다
저 하늘은 정신없이 만취했지만
그대는 조금 취해 몸을 던졌다
이번 이별이 천고의 이별 되어
이제는 다 못한 말씀도 듣지 못한다
옛 친구는 구름처럼 흩어져 갔고
나 또한 가벼운 티끌과 다름이 없다


나는 아이눙(愛農)이 죽었을 때 며칠 동안 마음이 편치 못하였고,
지금까지도 우울한 마음을 풀지 못하고 있다. 어제 문득 시 3장을
지어서 손 가는대로 필사하였다. 그러다가 홀연히 '계충(鷄蟲)'이란
단어를 시에 넣게 되었는데 정말 기묘하고 절묘하였다. 우레소리처
럼 한 번 울리면 군소 조무래기 소인배들이 큰 낭패를 당하게 될 것

이다. 이제 이 시를 채록하여 대 감정가들의 감정을 받고자 한다. 만약 시가 나쁘지 않다면 『민홍일보(民興日報』에 실어주시기 바란다. 이 혼란한 천하를 바라본 것이 오래되었다고 할 수는 없지만, 나 또한 말을 그만둘 수 있겠는가? 23일 저우수런(周樹人)이 또 한 마디 하다.

◉ 해설

이 시는 1912년 7월 22일 지어져서 8월 21일 사오싱(紹興) 『민홍일보(民興日報)』에 발표되었다. 당시 서명은 황지(黃棘)로 되어 있다. 루쉰이 친구인 판아이눙(范愛農: 1883 ─ 1912)의 죽음을 애도한 만사(輓詞)이다. 판아이눙의 고결한 인품을 그리고 있다.

# 哀范君三章[1)]

風雨飄搖日,

余懷范愛農.

華顚萎寥落,[2)]

白眼看鷄蟲.[3)]

世味秋茶苦,

人間直道窮.

奈何三月別,

遽爾失畸躬.[4)]


海草國門碧,[5)]

多年老異鄕.

狐狸方去穴,[6)]

桃偶盡登場.[7)]

故里寒雲惡,

炎天凜夜長.

獨沈淸冽水,

能否洗愁腸?


把酒論當世,

先生小酒人.8)

大圜猶酩酊,9)

微醉自沉淪.10)

此別成終古,

從茲絶緒言.11)

故人雲散盡,

我亦等輕塵!


我于愛農之死, 爲之不怡累日, 至今未能釋然. 昨忽成詩三章, 隨手寫之. 而忽將鷄蟲做入,12) 眞是奇絶妙絶, 霹靂一聲, 群小之大狼狽. 今錄上, 希大鑒定家鑒定, 如不惡, 乃可登諸『民興』也. 天下雖未必仰望已久, 然我亦能已于言乎? 二十三日, 樹又言.


◎ 미주
- - - - - - - - - - - - - - - - - - - - - - - - - - - - - - - - - - - - - - - - - - - - -

1) 판군(范君) : 판아이눙(范愛農: 1883 – 1912). 저장성(浙江省) 사오싱(紹興) 황 푸좡(黃甫莊) 사람으로 이름은 자오지(肇基)이고 자(字)는 쓰녠(斯年)이며 호(號)가 아이눙(藹農, 愛農)이다. 어려서 고아가 되어 조모(祖母)의 손에

서 자랐다. 광복회 회원으로 1905년 사오싱부학당(紹興府學堂)을 졸업하고, 같은 해 10월 천보핑(陳伯平)·마쭝한(馬宗漢)·왕진파(王金髮) 등과 교장 쉬시린(徐錫麟)을 따라 자비로 일본에 유학하였다. 이 때부터 루쉰과 교유하기 시작하였다. 조모 별세 후 숙부가 학비를 대주지 않자 유학을 그만두고 귀국하여 사오싱부중학당(紹興府中學堂) 학감(學監)이 되었지만 그의 혁신사상이 문제가 되어 학교에서 축출되었다. 1911년 신해혁명 성공 후 루쉰이 사오싱사범학당(紹興師範學堂) 교장이 되자 그를 학감(學監)으로 초빙하였고, 루쉰이 학교 당국과 갈등을 빚어 사직하자 그도 학교를 나와 쓸쓸하고 곤궁한 생활을 하게 되었다. 1912년 7월 10일 그는 『민흥일보(民興日報)』 직원들과 배를 타고 샤오가오부(小皐埠)로 중국 전통극을 보러 갔다가 돌아오는 길에 술에 조금 취해 실족해서 물에 빠져 죽었다. 그러나 루쉰은 판아이눙이 물에 익숙하고 수영을 잘 하는 사람이기 때문에 세상을 비관해 자살한 것으로 추정하고 있다.

2) 화전(華顛) : 흰 머리.

3) 백안간계충(白眼看鷄蟲) : 눈에 흰자위를 많게 하여 다른 사람을 멸시하는 태도. 진(晉) 나라 완적(阮籍)은 세속의 자질구레한 예절을 따지는 소인배들을 만나면 고의로 눈에 흰자위를 많게 하여[白眼] 상대방을 멸시했다고 한다.(『진서(晉書)·완적전(阮籍傳)』) 여기에서는 판아이눙이 선천적으로 눈에 흰자위가 많아 마치 혼란하고 부패한 당시 현실을 멸시하는 것처럼 보였다는 것이다. '계충(鷄蟲)'은 쌍관어(雙關語). 첫째 의미는 말 그대로 짐승이나 벌레 같은 인간. 둘째 의미는 그 벌레같은 인간이 바로 판아이눙(范愛農)을 축출하는데 앞장섰던 허지중(何幾仲)임을 암시한다. 중국어로 '계충(鷄蟲)'은 발음이 'jīchóng'이며 '지중(幾仲)'은 발음이 'jǐzhòng'으로 매우 유사하고, 루쉰의 고향인 사오싱(紹興) 발음으로는 완전히 같다.

4) 기궁(畸躬) : '기인(畸人)'. 언행이 세속의 보통 사람과는 다른 비범한 사람.『장자(莊子)·대종사(大宗師)』: "자공(子貢)이 말하기를 '감히 기인(畸人)에 대히 묻고자 합니다.' 공자(孔子)가 말하기를 '기인(畸人)이라는 사

람은 세속 사람에게는 기형으로 보이지만, 하늘의 기준에는 부합하는 사람이다. 따라서 하늘에서 소인배로 취급되는 사람은 인간세상에서는 군자로 떠받들어지고, 인간 세상에서 군자로 떠받들어지는 사람은 하늘에서는 소인배로 취급받는다.'(子貢曰, ‘敢問畸人?’ 曰, ‘畸人者, 畸於人而侔於天. 故曰, 天之小人, 人之君子, 人之君子, 天之小人也.’)"

5) 해초국문벽(海草國門碧) : 이백(李白), 「조춘우강하송채십환가운몽서(早春于江河送蔡十還家雲夢序)」: "해초(海草)가 세 번 푸르도록 나라의 대문으로 돌아오지 않았다.(海草三綠, 不歸國門.)" 해외에서 생활하며 오랫동안 고국에 돌아오지 않는 상황을 가리킨다. 여기에서는 판아이눙이 오랫동안 일본 유학 생활을 한 것을 지칭한다.

6) 호리(狐狸) : 여우와 살쾡이. 청(淸) 나라 황제와 관리를 비유한다. 1912년 웬스카이(袁世凱)의 위협에 의해 청(淸) 나라 마지막 황제 푸이(溥儀)가 자금성(紫禁城)에서 쫓겨났다.

7) 도우(桃偶) : 복숭아 나무로 만든 인형. 본래 귀신을 쫓는 벽사(辟邪)의 용도로 쓰였으나 점차 다른 사람에 의해 조종되는 꼭두각시를 가리키게 되었다. 여기에서는 웬스카이(袁世凱)에 의해 조종되는 부패한 관료를 가리킨다.

8) 선생소주인(先生小酒人) : ‘선생(先生)’은 판아이눙(范愛農)을 높여 부른 말. ‘소(小)’는 하찮게 보다. 업신여기다. ‘주인(酒人)’은 술주정뱅이.

9) 대환유명정(大圜猶酩酊) : ‘대환(大圜)’은 ‘대원(大圓)’ 즉 하늘을 가리킨다. ‘명정(酩酊)’은 만취한 모양이다. 하늘이 만취했다는 말은 천하가 걷잡을 수 없는 혼란에 빠졌음을 비유한다.

10) 미취자침륜(微醉自沉淪) : 사람들은 판아이눙(范愛農)이 술에 취해 실족했다고 말하지만, 루쉰은 판이눙이 절대 실족할 정도로 만취할 사람이 아니므로, 아마도 스스로 술을 조금 마시고 투신자살했을 것이라고 추측하는 것이다.

11) 서언(緖言) : 미진한 의론(議論). 『장자(莊子)・어부(漁父)』: "조금 전에 선생께서 미진한 말씀만 남기시고 떠나셨습니다.(曩者先生有緖言而去.)"

12) 계충(鷄蟲) : 위의 ‘백안간계충(白眼看鷄蟲)’ 각주 참조.

# 콩깍지를 위한 변명

콩을 삶는데 콩깍지를 태운다

콩깍지는 솥 밑에서 흐느껴 운다

내가 재가 되면 너는 푹 삶길 터

교단은 참으로 잘도 돌아갈 터

● 해설

이 시는 1925년 6월 5일에 쓴 잡문 「교문작자 3(咬文嚼字三)」에 삽입되어 있다. 이 잡문은 이틀 후인 6월 7일 『경보부간(京報副刊)』에 발표되었다. 콩을 삶는데 콩깍지를 태운다는 조식(曹植) 「칠보시(七步詩)」의 내용을 패러디하여 당시 베이징여자사범대학(北京女子師範大學) 사태를 신랄하게 풍자하고 있다.

# 替豆萁伸冤[1]

煮豆燃豆萁,

萁在釜下泣.

我燼你熟了,

正好辦敎席.

◎ 미주

1) 체두기신원(替豆萁伸冤) : 이 시의 패러디 대상인 조식(曹植)의 「칠보시(七步詩)」는 다음과 같다. "콩을 삶는데 콩깍지를 태운다, 콩은 솥 가운데서 흐느껴 운다. 본래 한 뿌리에서 태어났거늘, 어찌 이렇게도 급히 삶아대는가?(煮豆燃豆萁, 豆在釜中泣. 本是同根生, 相煎何太急!)" 조식의 형인 위(魏) 문제(文帝) 조비(曹丕)가 아우 조식의 재능을 시기하여 일곱 걸음만에 시를 지으라고 하자 조식이 일곱 걸음만에 이 시를 지어 참화를 모면했다고 한다. 형제[동족]간의 골육상잔을 비유한다.

# 한밤중 밝은 달

캄캄한 밤이 하늘에 가득
옥같은 달빛 투명하게 비친다
악다구니 모기떼는 멀리서 탄식하고
나는 남녘 땅 광저우(廣州)에 있다

◉ 해설

이 시는 1927년 중추절(양력 9월 10일 밤)에 쓴 「당송전기집(唐宋傳奇集) · 서례(序例)」에 삽입되어 있다. 「당송전기집(唐宋傳奇集) · 서례(序例)」는 같은 해 10월 16일 『북신(北新)』 월간 제51 · 52기 합집에 발표되었다. 루쉰이 베이징 여사대(北京女師大) 제자 쉬광핑(許廣平: 1898 – 1968)과 함께 군벌 당국의 체포를 피해 남하하자, 베이징에서는 가오창훙(高長虹: 1898 – 1954?) 등이 루쉰을 비난하는 글을 발표하였다. 루쉰은 이들을 악다구니 모기떼라고 풍자하면서 자신이 사랑하는 쉬광핑은 보름달에 비유하고 있다.

# 大夜璧月詩

大夜彌天,

璧月澄照.

饕蚊遙歎,[1]

余在廣州.[2]

● 미주
--------

1) 도문(饕蚊) : '도(饕)'는 '도철(饕餮)'. 중국 전설에 나오는 흉악한 짐승. 탐욕이 많고 악독한 사람을 비유함. '문(蚊)'은 모기. 당시 루쉰을 비난하던 가오창훙(高長虹) 등을 가리킨다.

2) 광저우(廣州) : 베이징여사대(北京女師大) 사태와 3·18 사건으로 루쉰과 쉬광핑은 지명수배자가 되었다. 이들은 1926년 8월 베이징을 함께 탈출하여 상하이(上海)에서 루쉰은 샤먼(廈門: 아모이)으로 쉬광핑은 고향인 광저우(廣州)로 갔다. 이 때 이미 루쉰과 쉬광핑은 평생을 함께 하기로 약속한 사이였다. 이후 1927년 1월 16일 루쉰은 샤먼을 떠나 광저우로 가서 중산대학(中山大學) 교무주임 겸 문학과 주임에 취임하였고, 쉬광핑을 자신의 조교로 임명하였다. 그리고 1927년 3월말 루쉰은 다시 광저우를 떠나 쉬광핑과 함께 상하이로 가서 본격적인 전업 작가의 길을 걸으며 문학운동에 매진하였다.

# 루소를 애도하며

모자를 벗고 연필 들고 나섰으나
선생께선 일대의 가난뱅이였다
두개골은 만 리를 건너 효수되었으니
어린이를 위한 글이 그의 실책이었다

## ◉ 해설

이 시는 1928년 4월 10일에 쓴 잡문 「머리(頭)」속에 삽입되어 있다. 이 글은 같은 해 4월 23일 『어사(語絲)』 제4권 제17기에 발표되었다. 1928년 3월 25일 량스츄(梁實秋: 1903－1987)는 『신보(申報)』에 「루소에 관하여(關于盧騷)」를 발표하여 루소의 언행이 부도덕하고, 또 그의 사상은 무절제한 낭만주의를 조장했다고 하면서 루소의 언행과 사상을 중국에서 추방해야 한다고 하였다. 량스츄의 이러한 언급은 당시 중국 진보 진영의 반제·반봉건 투쟁을 유치한 낭만적 혼란 조장으로 간주하는 그의 평소 입장의 일관된 발로라고 할 수 있는데, 이는 기실 루소의 이름을 빌어 진보 진영의 혁명 투쟁을 공격한 것이라고 할 수 있다. 따라서 이에 대응하여 루쉰도 루소의 이름을 빌어 량스츄의 보수적 태도를 은근하게 비꼬고 있는 셈이다.

# 吊盧騷[1]

脱帽懷鉛出,[2]

先生蓋代窮.[3]

頭顱行萬里,[4]

失計造兒童.[5]

◎ 미주

1) 실제로 이 시는 청(淸) 왕사정(王士禎)이 『영사(詠史)·소악부(小樂府)』에서 중국 삼국시대 원소(袁紹)를 애도한 시를 패러디한 것이다. 그 본래 시는 다음과 같다. "칼을 비껴들고 읍하며 물러나니, 장군은 일세의 영웅이었다. 두 아들의 머리는 만 리 밖에서 베어졌고, 좋은 계책 잃고는 전풍(田豊)을 죽였다네.(長揖橫刀出, 將軍蓋代雄. 頭顱行萬里, 失計殺田豊.)"

2) 탈모회연출(脱帽懷鉛出) : '탈모(脱帽)'는 모자를 벗는다는 뜻인데, 청말(淸末) 민초(民初)에 이른바 '루소 모자', '나폴레옹 모자'가 유행한 적이 있다. '탈모(脱帽)'는 바로 이러한 분위기에서 연상된 시구이다. '회연출(懷鉛出)'은 품속에 간직하고 있던 연필을 꺼낸다는 뜻으로 루소가 저서를 집필하는 것을 비유한다.

3) 선생개대궁(先生蓋代窮) : '선생(先生)'은 루소이다. '개대(蓋代)'는 한 세대를 뒤덮을 정도라는 뜻이다. '궁(窮)'은 가난뱅이. 루소는 저서 『에밀』에서 강압적인 봉건 교육이 아동의 자연스러운 성장을 방해한다고 비

판한 이래 당시 귀족들과 교회의 대대적인 박해를 받았다. 『에밀』이
판금 조치를 받았을 뿐만 아니라 루소 자신도 체포령을 피해 스위스
와 영국 등지로 망명하여 매우 곤궁하게 살았다.

4) 두로행만리(頭顱行萬里) : 루소는 1778년에 죽었지만, 량스츄(梁實秋)가
100년도 더 지난 시점에서 중국의 혼란을 루소의 책임으로 돌리는 것
은 마치 죽은 루소의 머리를 잘라 만 리 밖 중국에서 다시 효수하는
것과 같다는 뜻이다. 루쉰 특유의 매우 시니컬한 풍자 수법이다.

5) 아동(兒童) : 루소가 저서 『에밀』에서 자연스러운 아동 교육을 주장하
다가 평생 박해를 받은 것을 가리킨다.

# 평후이시에게

사람을 죽이는 장군들이 널렸는데

사람을 살리려 의사가 되려 한다

민중들 태반을 죽이는 때에

한 두명 남은 사람 살리려 한다

조그마한 도움이 될 수 있을까?

오호라 아아아 허허허허

◎ 해설

이 시는 1930년 9월 1일 루쉰이 평후이시(馮蕙熹)에게 써준 것이다. 평후이시는 루쉰의 부인 쉬광핑(許廣平)의 고종 여동생으로1) 당시 베이징 협화

---

1) 평후이시(馮蕙熹) : 2001년 출판된 루쉰의 아들 저우하이잉(周海嬰)의 회고록
『루쉰과 나의 70년(魯迅與我七十年)』(海口, 南海出版公司)에서도 평후이시와
루쉰 가족간의 관계가 분명하게 밝혀져 있지 않다. 이 책 169~172면에 따르면
쉬광핑(許廣平)의 고모 쉬양(許羕)이 중화민국 필리핀 주재 외교관 평치쥔(馮
啓鈞)에게 출가하였고, 쉬광핑과 고모 쉬양은 비교적 자주 왕래하는 사이였지
만, 평후이시와 어떤 관계인지는 잘 알지 못한다고 하였다. 다만 평후이시는
쉬광핑의 표매(表妹)이고 베이징 협화의학원(協和醫學院)을 졸업하고 협화의
원에 근무하다가 이른 시기에 해외로 이주한 소문을 들었다고 하였다. 중국에

의학원(協和醫學院) 학생이었다. 1930년 여름 방학 때 루쉰의 집을 방문하여 기념 제자(題字)를 요청하자 쉬광핑은 '친여수족(親如手足)'이란 글귀를 써주었고, 루쉰은 바로 이 4언시를 써주었다고 한다. 이 시는 1962년 우스창(吳世昌) 교수에 의해 처음 알려져서 『톈진 만보(天津晩報)』에 「루쉰 집외의 사언시(魯迅集外的四言詩)」란 제목으로 발표되었고, 이후 홍콩에 거주하고 있던 당사자인 펑후이시가 이 시의 루쉰 친필 사진을 제공하여 그 정확한 글자를 확인할 수 있게 되었다. 육체적인 건강보다 정신적인 건강이 더 중요하다는 인식 하에서 의학을 버리고 문예를 택한 노신으로서는 당시 군벌들의 살인 정국에 연약한 몸으로 맞서서 의학을 배우고 있는 펑후이시에 대해 측은한 동정심을 느낌과 동시에 그 인식의 불철저성에 마음이 아팠던 것으로 보인다. 여기에서도 암흑의 갑문을 홀로 지탱하는 루쉰의 고독한 모습이 매우 형상적으로 느껴진다. 루쉰의 잡문 『나폴레옹과 제너(拿破倫與隋那)』도 이와 동일한 인식하에서 씌어졌다고 할 수 있다.

---

서 표매(表妹)는 외사촌과 고종사촌을 모두 가리킬 수 있지만 쉬광핑의 어머니는 송씨(宋氏)이므로, 아마도 펑후이시는 쉬광핑의 고종(姑從)에 해당하는 친척으로 보인다. 또 장쯔창(張自强)의 『루쉰선생시소증(魯迅先生詩疏證)』(成都: 四川文藝出版社, 1992), 138면에 따르면 펑후이시는 홍콩에 거주하고 있고, 이 시의 친필 사진을 제공했다고 한다.

# 題贈馮蕙熹

殺人有將,[1]

救人爲醫.[2]

殺了大牛,

救其子遺.

小補之哉,[3]

烏乎噫嘻.[4]

◎ 미주

1) 살인유장(殺人有將) : 당시 사리사욕에 젖은 군벌들이 스스로 장군을 칭하며 세력 다툼을 벌이고 민중을 살육하는 일이 비일비재하였다.

2) 구인위의(救人爲醫) : 중국 각지에 할거하고 있는 군벌들이 수많은 사람들을 죽이고 있는데, 펑후이시(馮蕙熹)는 오히려 사람들 살리려고 의학(醫學)을 배우고 있다는 것이다. 루쉰 스스로도 일본의 센다이(仙臺)의학전문학교에서 의학을 배우다가 문예로 방향을 전환한 만큼 이 시구는 매우 중층적인 의미가 겹쳐 있는 것으로 보인다.

3) 소보지재(小補之哉) : 루쉰의 잡문 『나폴레옹과 제너(拿破倫與隋那)』에도 "사람을 죽이는 자들은 세계를 파괴하고, 사람들 구제하는 이들은 세계를 보수한다.(殺人者毀壞世界, 救人者在修補它.)"라는 구절이 있다.

4) 오호희희(烏乎噫嘻) : '오호(烏乎)'는 '오호(嗚呼)'로도 쓴다. '오호(烏乎)', '희(噫)', '희(嘻)', 모두 감탄사이다.

# 우치야마에게

20년간 상하이에 거주하면서

날마다 중화의 진상을 보았다

군벌들은 병이 있다면서 약도 쓰지 않고

세상이 무료하여 책이나 읽는다 한다

또 일단 세력을 얻으면 바로 얼굴을 바꿔

사람 목자르는 일을 갈수록 많이 한다

그러다 갑자기 또 하야한다고

나무아미타불, 나무아미타불

◉ 해설

이 시는 1932년 1월 루쉰이 일본인 친구인 우치야마 칸조(內山完造: 1885
-1959)에게 써준 것이다. '우치야마(內山)'의 일본 발음 중 '우치(うち)'를 중
국어 발음인 '우치(鄔其: Wūqí)'라고 쓰고 '山' 자는 그대로 남겨 중국식 이
름 '鄔其山'으로 작명하고 있다. 우치야마 칸조는 일본 오카야마현(崗山縣)
출신으로 1914년에 상하이로 와서 의약품 판매를 하다가 그의 아내인 우
치야마 미키(內山美喜)와 결혼하고 나서는 상하이에 우치야마 서점(內山書店)

을 개설하였다. 1927년 루쉰은 쉬광핑(許廣平)과 함께 상하이에 정착한
이래 자주 우치야마 서점에 들러 책을 구입하면서 우치야마 칸조 부부
와 매우 친밀하게 교유하게 되었고, 루쉰이 국민당 당국에 의해 체포의
위기에 처할 때마다 은신처를 제공하는 등 루쉰의 상하이 생활에 많은
도움을 주었다. 이에 우치야마 칸조가 그의 저서 『중국의 실태를 말하
다(話中國的姿態)』를 상하이에서 출판할 때는 루쉰이 직접 서문을 써주
기도 하였다. 제2차 세계대전에서 일본이 패전한 후 귀국했다가 1959
년 일중우호협회(日中友好協會) 부회장 자격으로 다시 중국을 방문하였
는데, 이 때 베이징에서 뇌일혈로 사망하였고 그의 유언에 따라 상하
이에 묻혔다. 이 시에서 루쉰은 당시 국민당 당국의 폭압적인 통치와
군벌들의 전횡을 매우 풍자적인 필치로 우치야마에게 진술하고 있다.

# 贈鄔其山

廿年居上海,[1]

每日見中華.

有病不求藥,[2]

無聊纔讀書.[3]

一闊臉就變,

所砍頭漸多.

忽而又下野,

南無阿彌陀.[4]

---

◉ 미주

1) 입년(廿年) : 20년. 우치야마 칸조가 1914년 상하이에 왔으므로 1931년 까지는 정확하게 17년이 된다. 그러나 그 개략적인 숫자를 말하여 20 년이라고 하였다.

2) 유병불구약(有病不求藥) : 당시 군벌들은 득세했을 때 무소불위의 권력을 휘두르다가, 일단 실각하게 되면 명산대천에서 병을 요양한다는 평계를 대며 명사(名士)의 흉내를 내었다.

3) 무료재독서(無聊纔讀書) : 또한 이와 동시에 실의한 군벌들은 두문불출

독서를 한다거나 해외로 시찰을 나간다는 명분을 앞세워 호시탐탐 기회를 엿보며 권토중래를 노리는 것이 일상사였다. 따라서 병이 있다거나 독서를 한다는 것은 그들의 탐욕을 감추기 위한 위선적인 행위에 불과하였다.

4) 나무아미타(南無阿彌陀) : 두 가지 의미가 중첩되어 있다. 첫째는 군벌들이 실각하면 마치 이제는 정치에 관심이 없다는 듯 명산의 사찰을 찾아 '나무아미타불'을 외우며 복수의 기회를 엿본다는 의미. 둘째는 이들의 실각이 오히려 당시 민중들에게는 오히려 반가운 일이므로 민중의 입장에서 나무아미타불을 외우며 부처님께 감사를 드린다는 의미이다.

# 무제

봄날 긴긴 밤을 익숙하게 보내다가

처자(妻子) 데리고 피신하는 날 귀밑머리 희끗하다

꿈결 속에 어렴풋이 어머니 눈물 보이고

성 머리엔 변화무쌍 악당의 깃발 나부낀다

새로 귀신이 된 친구들을 겨우 참고 보다가

노여움에 칼 숲 향해 작은 시구나 찾는 신세

시 다 쓰고도 고개 숙이고 발표도 못하는데

달빛은 물처럼 흘러 내 검은 옷에 비쳐든다

## 해설

이 시는 1931년 2월 10일 씌어졌는데, 이후 1933년 2월 7일 루쉰이 '좌련 5열사(左聯五烈士)'를 추모하기 위해 「망각을 위한 기념(爲了忘却的記念)」이란 잡문을 쓸 때 이 글 속에 삽입되었다. 이 잡문은 1933년 4월 『현대(現代)』 제2권 제6기에 발표되었다. 또 루쉰의 1932년 7월 11일 일기에 의하면 이 시는 우치야마 칸조의 부탁으로 루쉰이 직접 붓글씨를 써서 일본 가인(歌人) 야마모토 하츠에(山本初枝)에게 증정되기도 하였다.

러우스(柔石)·인푸(殷夫: 白莽)·리웨이썬(李偉森: 求實)·후예핀(胡也頻)·펑
컹(馮鏗) 등 '좌련 5열사'가 상하이 룽화(龍華) 경비사령부에 의해서 희생되는
과정에서 아무런 조치도 취하지 못하고 단지 당국의 체포를 피해 피신할 수
밖에 없었던 루쉰의 회한과 울분이 구구절절 점철되어 있는 명편이다.

# 無題

慣于長夜過春時,[1]

挈婦將雛鬢有絲.[2]

夢裏依稀慈母淚,[3]

城頭變幻大王旗.[4]

忍看朋輩成新鬼,[5]

怒向刀叢覓小詩.[6]

吟罷低眉無寫處,[7]

月光如水照緇衣.

## ◉ 미주

1) 관우장야과춘시(慣于長夜過春時) : '봄날 긴 밤을 익숙하게 보낸다'는 것은 암흑의 현실에서 아무 하는 일도 없이 습관적으로 그럭저럭 살아간다는 루쉰의 자조와 한탄을 의미한다. 루쉰 문학이 겨냥하는 지점은 바로 이러한 일상 속에 만연한 암흑이다.

2) 설부장추빈유사(挈婦將雛鬢有絲) : '설부(挈婦)'는 아내 쉬광핑(許廣平)을 대동했다는 뜻. '장추(將雛)'는 아들 하이잉(海嬰)도 함께 데리고 있다는

뜻. 좌련 5열사가 희생되고, 당국의 포위망이 루쉰의 신변으로 좁혀
오자 루쉰은 1931년 1월 20일 우치야마 칸조의 도움으로 일본인이 운
영하던 화원장(花園莊) 여관으로 피신하였다.

3) 몽리의희자모루(夢裏依稀慈母淚) : 당시 루쉰의 모친은 루쉰의 첫째 부인
   주안(朱安)과 함께 베이징에 머물고 있었다. 루쉰이 피신한 후 당시 사
   회에는 루쉰이 벌써 당국에 체포되었다는 유언비어가 퍼져 있었고 루
   쉰은 어머니를 안심시키기 위해 가족 사진을 찍어 베이징으로 부치기
   도 하였다.

4) 대왕(大王) : 각지에 할거하고 있던 봉건 군벌의 우두머리이다. 구체적
   으로는 난징 당국을 가리키는 것으로 볼 수도 있다.

5) 인간붕배(忍看朋輩) : '인간(忍看)'은 살육의 만행을 그냥 참고 지켜볼 수
   밖에 없다는 뜻으로 루쉰의 울분에 찬 자탄이다. 지식인의 무력함을
   한탄하는 구절이다. '붕배(朋輩)'는 좌련 5열사이다.

6) 노향도총멱소시(怒向刀叢覓小詩) : 무력함을 한탄하다가 총칼을 가진 당
   국을 향해 분노를 터뜨려보지만, 현실에서는 아무런 해결 방법도 찾을
   수 없고 결국 연약한 문인으로서 하잘 것 없는 분노의 작은 시구나 찾
   고 있다는 뜻이다.

7) 음파저미무사처(吟罷低眉無寫處) : 그러나 하잘 것 없는 시구조차도 써내
   어 발표할 곳도 없으니 루쉰 스스로도 한탄한 것처럼 문인의 시(詩)는
   군벌 쑨촨팡(孫傳芳)을 쫓아버릴 대포 한 방보다 못한 것일지도 모른
   다.(『혁명시대의 문학(革命時代的文學)』) 그래도 루쉰은 죽을 때까지 운명처
   럼 문학을 손에서 놓지 못하였다.

# 오바라 에지로 군이
# 난초를 갖고 귀국하는 걸 전송하다

산초 불타고 계수 꺾이고 고운 임도 늙어가니
혼자서 외진 바위에 소심(素心) 난초 길러보오
먼 곳으로 향기 전함을 뭐 그리 아까워 하오
술 취한 듯한 내 고향엔 가시넝쿨 뿐이라오

◉ 해설

이 시는 1931년 2월 12일 일본인 오바라 에지로(小原榮次郎)에게 써준 것이다. 이후 1931년 8월 10일 『문예신문(文藝新聞)』 제22호에 발표되었다. 『문예신문』 같은 호에는 「루쉰씨(魯迅氏)의 비분 - 구시(舊詩)로 심정을 드러내다(魯迅氏的悲憤 - 以舊詩寄懷)」라는 제목으로 이 시와 함께 「무제(無題: 大野多鉤棘)」, 「상령가(湘靈歌)」가 함께 실렸다. 오바라 에지로는 일본 토쿄에서 경화당(京華堂)이란 가게를 열고 중국 문방구와 골동품 및 난초를 팔고 있었다. 오바라는 우치야마 칸죠(內山完造)의 친구였기 때문에 그의 소개로 루쉰과 교유하게 되었다. 오바리는 특히 난초 언구에도 깊은 조예를 지녀서 1939년 『난화보(蘭花譜)』란 저서를 출판하였다. 이 책에서 그는 200 여종에 달하는 난초의 유래와 특징 및 재배 방법 등을 자세히 소개하여 일본에서 난초 박사로 불렸다. 이 시에서도 루쉰은 암울한 중국의 현실을 비유적으로 묘사하고 있다.

# 送O.E.君携蘭歸國[1]

椒焚桂折佳人老,[2]

獨託幽巖展素心.[3]

豈惜芳馨遺遠者,

故鄕如醉有荊榛.[4]

◎ 미주

1) O.E.君 : 오바라 에지로(小原榮次郞: Obara Eijiro)의 영어 이니셜.

2) 초분계절가인로(椒焚桂折佳人老) : '초(椒)'는 산초나무, '계(桂)'는 계수나무로 모두 향기로운 나무이다. 뒤의 '가인(佳人)'과 함께 당시의 애국 지사 및 혁명 열사를 비유한다.

3) 소심(素心) : 쌍관어(雙關語). 첫째 의미는 난초의 일종인 소심(素心). 둘째 의미는 평소에도 견지하고 있는 올바른 뜻.

4) 고향여취유형진(故鄕如醉有荊榛) : 루쉰의 고국인 중국은 부패한 정부와 극악한 군벌들의 횡포로 마치 악취가 풍기는 가시넝쿨에 덮인 듯하므로, 일본으로 가져간 난초를 잘 길러서 멀리에서나마 짙은 향기를 전해달라는 의미.

# 무제

광대한 벌판엔 갈고리 창 즐비하고

드넓은 하늘엔 전운이 감돈다

몇 집에서나 봄 아지랑이 하늘거릴까?

온갖 소리 모두 멈춰 강산은 적막하다

땅위엔 취한 듯한 진(秦) 나라 임금만 횡행하고

강가운데는 월(越) 나라의 노래 소리 끊겼다

한 바탕 풍파가 휩쓸고 지나가자

꽃나무는 벌써부터 쓸쓸해졌다

◉ 해설

    이 시는 1930년 가을에 쓰기 시작하여 1931년 2월 중하순에 완성된 것으로 보인다. 이후 1931년 3월 5일 우치야마 칸죠(內山完造)의 요청으로 붓글씨로 써서 우치야마의 제수씨인 카타야마 마츠모(片山松藻: 1906 – ?)에게 증정하였다. 『문예신문(文藝新聞)』 제22호에 처음 게재될 때는 '送M.K.女士'라는 각주가 달려 있었다. 역시 비애롭고 암울한 중국의 현실이 매우 스산하게 묘사되고 있다.

# 無題

大野多鉤棘,[1]

長天列戰雲.

幾家春裊裊?[2]

萬籟靜愔愔.[3]

下土惟秦醉,[4]

中流輟越吟.[5]

風波一浩蕩,[6]

花樹已蕭森.[7]

◎ 미주

1) 구극(鉤棘) : ‘극(棘)’은 ‘극(戟)’과 통한다. ‘구극(鉤戟)’은 끝이 날카로운 갈고리로 되어 있는 창이다. 군벌들이 할거하고 있던 당시 중국의 현실을 비유한다.

2) 요뇨(裊裊) : 김이나 연기 같은 것이 하늘하늘 솟아오르는 모양.

3) 음음(愔愔) : 침묵하는 모양. 적막한 모양. 살벌한 정국에 모두들 숨을 죽이고 있는 상황이다.

4) 하토유진취(下土惟秦醉) : '하토(下土)'는 '상천(上天: 하늘)'에 대비되는 어휘로 '온 천하[대지]'를 의미한다. '진취(秦醉)'는 당시 중국 국민당의 폭압 통치가 마치 만취한 듯한 진시황(秦始皇)의 전횡처럼 무자비하다는 의미이다.

5) 중류철월음(中流輟越吟) : 한(漢) 유향(劉向)의 『설원(說苑)·선설(善說)』에 의하면 초(楚) 나라 공자(公子)인 악군(鄂君) 자석(子晳)이 강물에 배를 띄우고 월(越) 나라 사람으로 하여금 노를 젓게 하였다. 월 나라 사람이 악군의 풍모를 흠모하여 월 나라 언어로 노래를 부르자, 악군이 그것을 초(楚) 나라 언어로 번역하게 하여 들은 후 그 노래가 자신을 존경하고 흠모하는 내용이라는 사실을 알고는 아름다운 수가 놓인 자신의 옷을 벗어 월 나라 사람을 덮어주었다고 한다. 사람 사이의 진실한 우의(友誼)를 비유한다. 따라서 월 나라 노래가 끊겼다는 것은 인간 세상에 참다운 우의가 사라졌음을 비유한다.

6) 풍파일호탕(風波一浩蕩) : 1930년 12월 장제스(蔣介石) 정부는 출판법을 반포하여 좌련(左聯) 기관지였던 『척황자(拓荒者)』·『맹아월간(萌芽月刊)』·『빨치산(巴爾底山)』 등의 잡지를 모두 정간시켰다.

7) 화수이소삼(花樹已蕭森) : 문단이 적막하고 스산함을 비유한다.

# 일본 가인(歌人)에게

봄 강의 고운 경치 여전히 아름다운 때
먼 나라로 가는 친구 이 계절에 길 떠난다
먼 하늘 상하이로 가무를 펼 생각마오
『서유기』나 『봉신방』 같은 요괴 연극뿐일 테니

◉ 해설

이 시는 1931년 3월 5일 일본 극평가(劇評家) 마스야 지사부로(升屋治三郎: 1894-?)에게 써준 것이다. 마스야는 본명이 스가와라 에지로(菅原英次郎)이다. 와세다대학(早稻田大學) 문학부를 졸업하고 상하이로 와서 장기 거주하며 중국 연극을 연구하였다. 마스야는 유명한 중국 극작가인 어우양위첸(歐陽予倩)·톈한(田漢) 등과도 빈번하게 교류하였고 우치야마 서점에서 열리던 문예만담회에 단골 멤버로 참여하였다. 루쉰은 이 시에서 당시 중국 극단의 낙후성을 간접적으로 비판하고 있다.

# 贈日本歌人

春江好景依然在,[1)]

遠國征人此際行.[2)]

莫向遙天望歌舞,

西游演了是封神.[3)]

## ◉ 미주

1) 춘강(春江) : 쌍관어(雙關語). 첫째 의미는 말 그대로 봄 강이다. 둘째 의미는 상하이의 황푸강(黃浦江)이다. 상하이를 포함한 오(吳) 지방 일대는 중국 전국시대 초(楚) 나라 춘신군(春申君) 황헐(黃歇)의 봉토였다. 춘신군은 봉토에 부임하여 황푸강을 준설하여 수운(水運)이 가능하게 하였으므로 황푸강을 춘신강(春申江)이라고 부르기도 하였다.

2) 원국정인(遠國征人) : 일본으로 귀국하는 마스야 지사부로(升屋治三郎)이다.

3) 서유연료시봉신(西游演了是封神) : '서유(西游)'는 명대(明代) 오승은(吳承恩)이 완성한 장편소설 『서유기(西游記)』, '봉신(封神)'은 명대 작자 미상의 장편소설 『봉신연의(封神演義)』이다. 이 두 소설은 모두 명대 신선요괴(神仙妖怪)를 다룬 대표적인 작품이다. 당시 중국 극단이 아직도 신선이나 요괴를 다루는 황당함에서 벗어나지 못하고 있음을 지적한 것이다.

# 샹강 여신을 위한 노래

옛날에는 샹강이 물들인 듯 푸르다더니

지금은 샹강이 연지 바른 듯 붉단다

샹강 여신 화장하고 샹강에 비춰보다가

달처럼 하얀 얼굴로 붉은 구름 바라본다

높은 언덕은 적막하게 한 밤중에 솟아 있고

향초의 꽃 다 떨어져 봄날은 사라졌다

옥 거문고 연주해도 사람들은 못듣는데

태평성대 표지들이 천추문(千秋門)에 가득하다

● 해설

이 시는 1931년 3월 5일 일본인 마츠모토 사부로(松元三郎)에게 써준 것이다. 마츠모토는 상하이 일본동문학원(日本同文學院)을 졸업하고 당시 상하이 일본여자학교(日本女子學校) 교원으로 재직하고 있었다. 루쉰의 시를 소개한 일부 서적에서는 일본인 '片山松元'에게 써준 것이라고 주석을 달고 있으나, '片山松元'은 한 사람이 아니라 두 사람이다. 즉 같은 날 같은 장소에서 루쉰은 카타야마 마츠모(片山松藻)에게는 이미 앞에 나온 「무제

(無題: 大野多鉤棘)」라는 시를 써주었고, 마츠모토 사부로(松元三郎)에게는 바로 이 시를 써주었다. 또 이 시의 본래 창작 시기에 대해서도 여러 가지 의견이 엇갈리고 있지만 대체로 장쯔창(張自强)의 고증이 가장 신빙성이 있는 것으로 보인다. 장쯔창(張自强)의 『루쉰선생시소증(魯迅先生詩疏證)』(成都, 四川文藝出版社, 1992), 142~144면의 고증에 따르면 이 시는 1930년 8월에서 9월에 걸쳐 있었던 창사(長沙) 사건을 배경으로 지어진 것이라고 한다. 1930년 7월 펑더화이(彭德懷)가 지휘하던 홍군 제3군단이 창사에 샹·어·간(湘·鄂·贛) 소비에트 정권을 세우자 국민당군과 미·일·영·불 연합군이 창사를 포위 공격하여 민간인을 포함한 수천 명의 사상자가 발생하였다. 루쉰은 이 사건의 무자비함에 분노하여 이 시를 썼고 비슷한 시기에 독일에서 유학하고 있던 창사(長沙) 출신 쉬스쵄(徐詩荃)에게 부쳐주었으며, 1931년 2월 대폭적인 수정을 거쳐 같은 해 3월 5일 마츠모토 사부로에게 증정하였다고 한다. 역시 1931년 8월 10일 『문예신문(文藝新聞)』 제22호에 발표되었다. 당시 창사 사건의 잔혹성에 대한 루쉰의 분노가 중국 고대의 전설과 어울려 매우 형상적으로 그려지고 있다.

# 湘靈歌1)

昔聞湘水碧如染,

今聞湘水胭脂痕.2)

湘靈妝成照湘水,

皎如皓月窺彤雲.3)

高丘寂寞竦中夜,4)

芳荃零落無餘春.5)

鼓完瑤瑟人不聞,6)

太平成象盈秋門.7)

◎ 미주

1) 상령(湘靈) : 창사(長沙) 상강(湘江)의 여신이다. 중국 전설에 의하면 순(舜) 임금의 부인은 요(堯) 임금의 두 딸 아황(娥皇)과 여영(女英)이었는데, 순(舜) 임금이 지방 순시 중 갑작스럽게 죽자, 슬픔을 이기지 못하고 상강(湘江)에 투신하여 샹강의 여신이 되었다고 한다.

2) 연지흔(胭脂痕) : 벽옥(碧玉)처럼 푸르던 상수(湘水)가 무자비한 학살로 연지처럼 붉게 물들었다는 의미이다.

3) 동운(彤雲) : 붉은 구름. 홍군(紅軍)을 비유한다.

4) 고구(高丘) : 초(楚) 지방 즉 창사(長沙)를 포함한 후난성(湖南省) 일대를 가리킨다. 굴원(屈原), 「이소(離騷)」: "문득 뒤돌아 보며 눈물 흘리니, 높은 언덕에 고운 여인 없음이 애달프네.(忽反顧以流涕兮, 哀高丘之無女.)" 굴원은 항상 고구(高丘)로 고국인 초(楚) 나라를 상징하였고, 고운 여인으로는 현인(賢人)을 비유하였다.

5) 방전영락무여춘(芳荃零落無餘春) : 애국지사, 혁명투사들이 살해되어 나라 전체에 싸늘한 적막만이 감돈다는 의미이다.

6) 고완요슬인불문(鼓完瑤瑟人不聞) : 샹강(湘江)의 여신이 옥 거문고로 이 지역의 참혹하고 슬픈 상황을 남김 없이 다 연주해도 당시 마비된 중국 국민들의 마음이나 당국자들의 마음에는 일말의 동정심도 생기지 않는다는 뜻이다. 또는 출판법에 의한 언론 왜곡과 통제로 창사 사건의 진상이 사람들에게 잘 알려지지 않는다는 의미로 볼 수도 있다.

7) 태평성상(太平成象盈秋門) : 『통감(通鑑)·당기(唐紀)』 60권 : "태화(太和) 6년에 당(唐) 문종(文宗)이 재상 우승유(牛僧儒)에게 물었다. '천하는 언제 태평해지겠는가?' 우승유가 대답하기를 '태평에는 특별한 형상이 있는 것이 아닙니다. 지금 사방의 오랑캐가 서로 침범하지 않고 있고, 백성들도 유랑하지 않고 있으니 비록 최고의 다스림은 아니라 하더라도 소강(小康) 상태라고는 할 만합니다.'라고 하였다.(大和六年, 唐文宗問宰相 牛僧儒. '天下何時當太平?' 牛答, '太平無象. 今四夷不至交侵, 百姓不至流散, 雖非至理, 亦謂小康.')" 당시 국민당 당국 및 군벌들이 잔인한 살육을 일삼으면서도 태평성대를 가장하고 있다는 의미이다. '추문(秋門)'은 중국 왕조 시대 도성의 서쪽 문이다. 여기에서는 편의상 낙양성의 서쪽 문인 천추문(千秋門)으로 번역하였다. 당시 국민당 장제스 정부의 수도는 난징(南京)이었으며 난징 서북문 일대에 고관들의 공관이 밀집해 있었다.

# 무제<sup>2수</sup>

1.

장강은 밤낮없이 동쪽으로 흘러가고
대의명분 간웅들은 제 이익 따라 멀리 떠난다
육대(六代)의 화려함은 옛 꿈이 되었고
석두성(石頭城) 위에는 갈고리같은 달이 떴다


2.

우화대(雨花臺) 곁에는 부러진 창이 묻혀 있고
막수호(莫愁湖) 위에는 잔잔한 물결 찰랑인다
그리운 우리 임은 만날 수 없지만
장강 하늘 기억하며 씩씩한 노래 부른다


◎ 해설

첫째 시는 1931년 6월 14일 미야자키 류스케(宮崎龍介: 1892-1971)에게 써 준 것이고, 둘째 시는 같은 날 미야자끼의 부인인 야나기하라 아키코(柳原

燁子: 白蓮: 1885 – 1967)에게 써준 것이다. 미야자키 류스케는 쑨원(孫文)을 도와 중화민국 건국 혁명 활동에 막대한 도움을 준 미야자키 토라조(宮崎寅藏)의 아들이다. 루쉰도 일본 유학 시절인 1906년 두 차례 미야자키 토라조를 방문하여 매우 친밀한 만남을 가진 적이 있다. 미야자키 류스케는 어릴 때부터 쑨원·황싱(黃興)·후한민(胡漢民) 등 중화민국 건국 원로들을 잘 알고 있었으며, 토쿄제국대학(東京帝國大學) 졸업 후에는 변호사로 활동하며 사회민주당(社會民主黨)·전국대중당(全國大衆黨)·사회대중당(社會大衆黨)의 집행위원으로 활동하였다. 1919년 가을 베이징으로 와서 당시 신문화 운동에 종사하던 리다자오(李大釗)·천치슈(陳啓修) 등과도 교유하였다. 그 뒤 귀국하였다가 1929년 난징에서 거행된 중산(中山: 孫文) 선생 봉안대전(奉安大典)에 그의 모친[宮崎津知] 및 동생[宮崎震作]과 함께 참가하였다. 1931년 5월 다시 중국에 왔을 때 상하이에서 우치야마 칸조의 소개로 루쉰과 만나 마치 오랜 옛 친구를 만난 듯한 감정을 가졌다고 한다.

미야자키 류스케의 부인인 야나기하라 아키코(柳原燁子)는 필명이 햐쿠렌(白蓮)으로 와카(和歌)에 뛰어난 시인이다. 일본 황실 인척인 야나기하라 사키미츠(柳原前光) 백작의 둘째 딸이다. 야나기하라 사키미츠는 일본 타이쇼(大正) 천황의 생모인 야나기하라 아이코(柳原愛子)의 오빠이므로 야나기하라 아키코는 타이쇼 천황에게 외사촌이 되며 타이쇼 천황은 아키코에게 고종사촌이 된다. 야나기하라 아키코는 1923년 미야자키 류스케와 결혼하였으며 1931년 남편과 함께 중국 여행을 하는 과정에서 루쉰 부부와 교유하게 되었다.

전체 시의 내용은 당시 난징 정부의 잔학상을 비판·풍자하는데 초점을 맞추고 있다. 일본인으로서 헌신적으로 중화민국 건국을 도와준 미야자키 집안사람들을 만나 군벌들의 각축장으로 전락해버린 당시 중화민국 정부의 부패상을 말하는 루쉰의 심정은 절망적이고 참담했을 것으로 짐작된다.[1]

---

1) 장쯔창(張自强), 『루쉰선생시소증(魯迅先生詩疏證)』(成都: 四川文藝出版社, 1992), 187~198면.

# 無題二首

大江日夜向東流,[1]

聚義群雄又遠游.[2]

六代綺羅成舊夢,[3]

石頭城上月如鉤.[4]


雨花臺邊埋斷戟,[5]

莫愁湖裏餘微波.[6]

所思美人不可見,[7]

歸憶江天發浩歌.[8]

◎ 미주

1) 대강일야향동류(大江日夜向東流) : 소식(蘇軾, 「염노교(念奴嬌)·적벽회고 (赤壁懷古)」 : "거대한 장강은 동쪽으로 흐르며, 천고의 풍류 인물들을 남김없이 휩쓸어갔네.(大江東去, 浪淘盡千古風流人物.)" 무정한 세월, 무정 한 역사를 비유한다.

2) 취의군웅우원유(聚義群雄又遠游) : '취의군웅(聚義群雄)'운 본래 『수호전(水

滸傳)』의 108 호걸들처럼 불의한 사회에서 정의의 실현을 추구하는 의적들을 가리키지만, 이 시에서는 오히려 반어적으로 쓰여, 당시 대의명분을 내세워 자신의 이익만을 추구하던 군벌들을 가리킨다. '원유(遠游)'는 난징(南京) 국민당 정부 요원들의 이합집산을 의미한다. 1931년 봄 장제스(蔣介石)는 입법원장 후한민(胡漢民)과 '약법(約法)'을 제정하는 문제 때문에 이전투구의 권력 투쟁을 벌였고, 결국 후한민을 난징의 탕산(湯山)에 구금하였다. 이때 또 장제스와 갈등을 빚었던 국민당의 실력자 쑨커(孫科)·왕충후이(王寵惠) 등도 모두 장제스를 떠났다. 이것을 '원유(遠游)'라고 표현한 것이다.

3) 육대기라성구몽(六代綺羅成舊夢) : '육대(六代)'는 난징(南京)에 도읍을 정하였던 남북조시대 남쪽의 여섯 왕조, 즉 오(吳)·동진(東晉)·송(宋)·제(齊)·양(梁)·진(陳)이다. 국민당 장제스(蔣介石) 정부도 난징에 수도를 두고 있었다. '기라(綺羅)'는 아름다운 비단이다. 망국의 상황에서도 화려한 사치만 일삼는 부패한 왕실[정부]을 비유한다. 당시 난징 정부에 대한 비판의 의미가 숨어 있다. '성구몽(成舊夢)'은 난징 정부가 부패한 정권 다툼과 독재적인 통치로 그들의 출범 이념인 삼민주의(三民主義) 즉 민족(民族)·민권(民權)·민생(民生)에 대한 희망조차 지나간 옛 꿈으로 만들어버렸다는 뜻이다.

4) 석두성상월여구(石頭城上月如鉤) : '석두성(石頭城)'은 난징(南京)의 청량산(淸凉山)에 있던 성곽이다. 흔히 난징의 별칭으로 쓰인다. '월여구(月如鉤)'는 스러져가는 그믐달이 마치 갈고리창 같다는 의미이다. 망국의 상황을 비유한다. 오대십국(五代十國) 시대의 남당(南唐) 후주(後主) 이욱(李煜)은 「상견환(相見歡)」에서 "말없이 홀로 서쪽 누각에 오르니, 그믐달은 갈고리 같고, 적막한 오동나무 정원은 청명한 가을에 갇혀 있네.(無言獨上西樓, 月如鉤, 寂寞梧桐深院, 鎖淸秋.)"라고 읊었다. 그 뒤 황화암(黃花庵)은 이 사(詞)를 평하여 망국의 노래[亡國之音]라고 하였다. 당시 난징 군벌 정부의 망국적인 권력투쟁을 비판·풍자하는 구절이다.

5) 우화대변매단극(雨花臺邊埋斷戟) : '우화대(雨花臺)'는 난징(南京) 정남쪽

중화문(中華門) 밖 쥐바오산(聚寶山)에 있다. 전설에 의하면 남조(南朝) 양 (梁) 나라의 고승인 운광법사(雲光法師)가 이곳에서 불경을 강의하자 하 늘이 감응하여 꽃비가 내렸고 이 때부터 이곳을 우화대(雨花臺)라고 불 렀다고 한다. '단극(斷戟)'은 부러진 창으로 혁명열사들의 죽음을 비유 한다. 당시 이곳에는 난징 정부의 사형장이 설치되어 있어서 사람들이 누상루(樓上樓)라고 불렀는데, 기실 이 누상루는 '누상루(髏上髏)' 즉 '해 골 위의 해골'을 의미한다고 한다.

6) 막수호리여미파(莫愁湖裏餘微波) : 난징(南京) 수이시문(水西門) 밖에 있는 호수이다. 전설에 의하면 육조(六朝) 시대에 낙양(洛陽)의 여인 막수(莫愁) 가 이곳으로 시집 와서 아들 16명을 낳고 행복하게 살아서 호수 이름 이 막수호(莫愁湖)가 되었다고 한다. 1912년 중화민국을 건국한 쑨원(孫 文)은 건국 과정에서 희생된 광둥(廣東) 출신 전사자 61명을 이 막수호 가에 장사지내고 화강암으로 된 묘비를 세웠다. 따라서 '여미파(餘微 波)'는 막수호에 혁명열사들의 정신이 잔잔한 물결처럼 살아 숨쉰다는 뜻이다. 그러나 이후 장쉰(張勳)이 청(淸) 황실 재건 운동을 벌이며 난징 을 점령하였을 때 이 묘비를 파괴하였다.

7) 미인(美人) : 나라를 위해 몸바친 선열들이다.

8) 귀억강천발호가(歸憶江天發浩歌) : 쑨원(孫文)이 주도한 신해혁명(辛亥革命) 은 장강(長江) 연안인 후베이성(湖北省) 우창(武昌)에서 일어났으므로 '강 천(江天)'이라고 한 것이다. '호가(浩歌)'는 씩씩한 노래. 혁명 정신을 잊 지 않겠다는 다짐이다.

# 마스다 와타루 군의 귀국을 전송하며

부상(扶桑) 땅엔 지금 한창 가을빛이 고울 테니
빠알간 단풍잎이 첫 추위에 반짝이겠지
수양버들 꺾어서 귀국 손님 배웅할 때
내 마음도 따라가며 화려한 시절 추억한다

## 해설

이 시는 1931년 12월 2일 루쉰의 일본인 제자 마스다 와타루(增田涉: 1903
-1977)에게 써준 것이다. 마스다 와타루는 일본 시마네현(島根縣) 출신으로
토쿄제국대학(東京帝國大學) 문학부 중국문학과를 졸업한 후 1931년 3월 상
하이로 와서 우치야마 칸조의 소개로 루쉰에게서『중국소설사략(中國小說史
略)』을 공부하였다. 강의는 4월 11일에서 7월 17일까지 매일 오후 3시간씩
일본어로 진행되었다. 마스다는 이를 토대로 12월 12일 귀국 후 이 책의 번
역에 착수하여 매우 정밀한 번역본을 내었고, 이 책은 이후 일본의 몇몇 대
학에서 문과 교재로 채택되었다. 1936년 루쉰의 병이 깊어지자 마스다는
직접 상하이로 와서 루쉰을 문병하기도 하였다. 마스다는 평생 중국문학과
루쉰 연구에 종사하며 시마네대학(島根大學)·오사카시립대학(大阪市立大學)
·칸사이대학(關西大學) 교수를 역임하였다. 일본의 가을 풍경과 젊은 유학
시절을 회고하는 내용을 담고 있는 이 시는 전형적인 증답시(贈答詩)의 일
종이라고 할 수 있다.

# 送增田涉君歸國

扶桑正是秋光好,[1]

楓葉如丹照嫩寒.[2]

却折垂楊送歸客,[3]

心隨東棹憶華年.[4]

◎ 미주

1) 부상(扶桑) : 중국 신화에 나오는 뽕나무 비슷한 나무. 해가 뜨는 탕곡
(湯谷) 가에 있다고 한다. 『산해경(山海經)·해내동경(海外東經)』: "탕곡
가에 부상 나무가 있고, 열 개의 태양이 그곳에서 목욕을 한다.(湯谷上
有扶桑, 十日所浴.)" 중국에서는 흔히 그 동쪽 지역인 한국이나 일본을
가리켜 부상(扶桑)이라고 한다. 여기에서는 일본을 가리킨다.

2) 눈한(嫩寒) : 여린 추위. 늦가을이나 초겨울의 첫 추위를 의미한다.

3) 수양(垂楊) : 수양버들. 고대 중국 사람들은 이별할 때 흔히 버드나무[柳]
를 꺾어서 아쉬운 마음을 표시하였다. '류(柳 : liǔ)'의 발음이 '류(留 : liú)'
와 유사하여 떠나가는 사람을 머물게 하고 싶다는 의미를 담고 있다.

4) 동도억화년(東棹憶華年) : '동도(東棹)'는 동쪽으로 노를 저어간다는 뜻이
다. 마스다 와타루(增田涉)의 일본 귀국을 비유한다. '화년(華年)'는 루쉰
이 일본에 유학하던 꽃다운[화려한] 시절이다.

# 세간의 비난에 답하다

무정하다고 반드시 진짜 호걸은 아닐 터

자식 사랑 한다고 어떻게 대장부가 아니리?

바람 일으키며 포효하는 호랑이를 아시는가?

호랑이도 눈을 돌려 제 새끼를 살핀다네

○ 해설

　이 시는 1932년 겨울에 지어졌다. 당시 항간에는 루쉰이 늦게 본 아들 하이잉(海嬰)을 지나치게 사랑한 나머지 아이를 버릇없게 키운다는 유언비어가 떠돌고 있었고, 이런 루머를 타고 루쉰과 하이잉을 비방하는 글들이 발표되기도 하였다.[1] 이에 대응하여 루쉰은 이 시를 써서 자신의 심정을 밝혔다. 장쯔창(張自强)의 『루쉰선생시소증(魯迅先生詩疏證)』(成都, 四川文藝出版社, 1992), 292~293면에 의하면 이후 루쉰은 이 시를 붓글씨로 써서 세 사람에게 증정하였다고 한다. 첫째는 1932년 12월 31일 위다푸(郁達夫)에게 증정하였다. 당시 위다푸가 상하이에서 왕잉샤(王映霞)와 결혼한 후 계속해

---

1) 1930년 3월 27일 루쉰이 장팅첸(章廷謙)에게 보낸 편지, 1931년 2월 2일 루쉰이 웨이쑤웬(韋素園)에게 보낸 편지. 1934년 8월 7일 루쉰이 야마모토 하츠에(山本初枝)에게 보낸 편지 참조.

서 아들 위윈(郁雲)과 위페이(郁飛)를 낳고 기뻐하자 루쉰이 이 시를 위다푸에게 증정한 것이다. 둘째는 루쉰이 1933년 1월 이 시를 자신의 아들 하이잉(海嬰)의 질병을 치료하던 상하이 시노자키(篠崎) 의원 의사 스보이 요시하루(坪井芳治)에게 증정하였다. 스보이 요시하루에게는 딸 하나가 있었는데, 스보이는 자신의 딸을 극진할 정도로 총애하였다. 셋째는 루쉰이 1933년 1월 23일 이 시를 일본의 중국문학 연구가 카라시마 타케시(辛島驍)에게 증정하였다. 카라시마는 일본의 유명한 중국문학 원로 학자인 시오노야 온(鹽谷溫)의 사위가 되었는데 당시 세 번째로 상하이를 방문하여 루쉰 일가와 기념 사진을 찍었고 루쉰은 송별연을 열어주면서 이 시를 써서 증정하였다. 카라시마는 이 때 중국을 떠나 곧 바로 조선의 경성제국대학 교수로 부임하였으며, 첫째 아이 출산을 앞두고 있었다. 말하자면 루쉰은 막 아버지가 되었거나 곧 아버지가 되려 하는 세 사람에게 이 시를 증정하여 쓸 데 없는 권위나 허위적인 점잖음으로 자식을 대하지 말고 진실한 사랑으로 자식을 교육할 것을 당부하고 있는 셈이다.

# 答客誚

無情未必眞豪傑,[1]

憐子如何不丈夫?

知否興風狂嘯者,[2]

回眸時看小於菟.[3]

○ 미주

1) 무정미필진호걸(無情未必眞豪傑) : 중국의 민간 상투어에 "호걸은 응당 아녀자의 정이 없어야 한다(豪傑應無兒女情)"는 말이 있는데, 루쉰은 이 상투어에 뒤집기를 시도하여 새로운 의미를 부여하고 있다.

2) 흥풍광소자(興風狂嘯者) : 호랑이를 가리킨다. 『주역(周易)·건괘(乾卦)·문언전(文言傳)』: "구름은 용을 따르고, 바람은 호랑이를 따른다(雲從龍, 風從虎)." 조비(曹丕), 「등산유원망(登山有遠望)」: "꿩이 우니 산닭도 울고, 범이 울부짖으니 계곡 바람 일어나네(雉雛山鷄鳴, 虎嘯谷風起)."

3) 소어토(小於菟) : 호랑이 새끼이다. 『좌전(左傳)·선공(宣公)』 4년에 의하면 초(楚) 나라 사람들은 호랑이[虎]를 '어토(於菟)'라 한다고 하였다.

# 난징 민요

모두들 중산릉(中山陵)에 참배갔는데
강도들이 점잖은 척 가장을 하네
십 분 동안 묵념을 하는 사이에
각자가 싸울 생각에 여념이 없네

## ◉ 해설

이 시는 당시 유행하던 민요의 형식을 빌어 군벌들의 위선적인 행동을 비판하고 있다. 1931년 12월에 지어져서 1931년 12월 25일에 출판된 『십자가두(十字街頭)』 제2기에 발표되었다. 1931년 12월 22일 국민당 제4기 일중전회(國民黨四屆一中全會)가 난징(南京)에서 개막되었고, 23일에는 국민당 중앙당정회의 참가자들이 난징 쯔진산(紫金山) 중산릉(中山陵)으로 가서 국부(國父) 쑨원(孫文)의 묘소를 참배하는 의식을 거행하였다. 무고한 양민들을 학살하고 권력투쟁을 일삼는 군벌들의 위선적이고 가소로운 행동을 압축된 시구속에 매우 선명하게 그려내고 있다.

# 南京民謠

大家去謁靈,[1]

强盜裝正經.[2]

靜默十分鍾,

各自想拳經.[3]

## ◎ 미주

1) 알령(謁靈) : 1931년 12월 23일에 행해 국민당 중앙당정회의 참가자들의 중산릉(中山陵) 참배 의식이다.

2) 강도장정경(强盜裝正經) : '강도(强盜)'는 당시 군벌들이다. '장정경(裝正經)'은 성실하고 점잖은 척 가장을 하는 것이다.

3) 상권경(想拳經) : 권법(拳法)에 관한 경전을 생각한다는 것은 군벌들이 권력투쟁에 몰두하는 것을 비꼰 것이다.

# 무제

붉은 피 중원에 스며 질긴 잡초 살찌운다
추위가 땅을 얼려도 봄꽃은 피어난다
간웅들은 사고도 많고 모사(謀士)들은 병이 들어
중산릉에서 울고 불 때 저녁 까마귀 시끄럽다

● 해설

이 시는 1932년 1월 23일에 써서 일본인 코라 토미(高良富子: 1896 – ?) 여사에게 증정한 것이다. 코라 토미는 당시 토쿄여자대학(東京女子大學) 교수였으며 기독교 신자로서 일본의 무력 행사에 반대하며 평화주의 운동을 펼치고 있었다. 1932년 1월 상하이에 들렀다가 우치야마 칸조의 소개로 루쉰과 만나서 장시간 환담을 나누고 이 시를 선물로 받아서 돌아갔다. 첫째 구와 둘째 구는 루쉰의 강인한 정신을 잘 보여주는 유명한 시구이다.

# 無題

血沃中原肥勁草,

寒凝大地發春華.

英雄多故謀夫病,[1]

淚灑崇陵噪暮鴉.[2]

## ◉ 미주

1) 영웅다고모부병(英雄多故謀夫病) : '영웅다고(英雄多故)'는 반어적인 어감을 갖는다. 당시 국민당 정부에 참여하고 있던 장제스(蔣介石) 등 군벌 대표들은 권력 투쟁에 혈안이 되어 각 세력 간에 이합집산을 거듭하고 있었다. '모부병(謀夫病)' : 후한민(胡漢民)은 고협압, 왕징웨이(汪精衛)는 당뇨병을 앓고 있었다.

2) 누쇄숭릉(淚灑崇陵) : '숭릉(崇陵)'은 중화민국 국부(國父) 쑨원(孫文)의 무덤 중산릉(中山陵)이다. 쑨원의 장자(長子)로 당시 난징(南京) 정부의 행정원장을 맡고 있던 쑨커(孫科)는 장제스(蔣介石)와 왕징웨이(汪精衛)의 연합 전선으로 실각하게 되자, 1932년 1월 22일 중산릉으로 가서 대성통곡하였다고 한다.

# 우연히 지은 시

글쓰기는 흙먼지 같아 어디로 가야 하나?

동쪽 구름 바라보니 꿈결처럼 생각된다

향기롭던 문단은 쓸쓸하여 한스러워라

봄철 난초와 가을 국화도 함께 하지 못하나니


◉ 해설

　이 시는 1932년 3월 31일 선쑹첸(沈松泉: 1904 - ?)에게 써준 것이다. 선쑹첸은 상하이 광화서국(光華書局) 사장 겸 편집인으로 창조사와 밀접한 관련을 맺고 있었다. 처음에는 시를 쓰다가 타이둥서국(泰東書局)에 입사하여 편집 일을 하였고 1924년 이후 귀모뤄(郭沫若: 1890 - 1980) 등의 도움으로 혼자서 광화서국을 운영하였다. 이후 창조사 관련 서적과 루쉰이 주관하던 『과학적 문예논총(科學的文藝論叢)』 및 좌련(左聯)의 기관지 『맹아(萌芽)』를 출판하며 진보적 출판사로 명성을 날렸다. 그러나 1930년 이후 언론 탄압이 극심해지자 국민당 당국의 검거를 피해 1930년 8월 일본으로 망명을 떠났고, 1931년 9·18 만주사변 이후 다시 귀국하여 출판 업무에 종사하였다. 선쑹첸은 일본으로 떠나기 전 펑쉐펑(馮雪峰: 1903 - 1976)과 함께 루쉰을 방문하여 기념 제자(題字)를 써줄 것을 부탁하였고 루쉰도 이에 응하였으나, 글씨를 받은 것은 귀국 후인 1932년 4월초였던 것으로 알려져 있다. 당시 좌련 5열사가 살해당하고, 루쉰 자신도 당국의 검거 열풍으로 고통스러운 도피 생활을 하고 있었으므로, 일본으로 떠난 선쌍첸, 귀모뤄 등을 다소 부러워하며, 자신의 젊은 시절 유학 생활을 회고했던 것으로 보인다.[1]

---

1) 장쯔창(張自强), 『루쉰선생시소증(魯迅先生詩疏證)』(成都: 四川文藝出版社, 1992), 238~239면.

# 偶成

文章如土欲何之?[1]

翹首東雲惹夢思.[2]

所恨芳林寥落甚,[3]

春蘭秋菊不同時.[4]

◎ 미주

1) 문장여토욕하지(文章如土欲何之) : 당시 진보적 지식인에 대한 대대적인 탄압과 검거가 이루어지고, 심지어 좌련 5열사처럼 불법적으로 살해되기도 하는 등 문인들의 분투가 아무런 영향력도 발휘하지 못하였고, 국민당 당국의 독재를 비판하는 글을 쓰더라도 발표할 수 있는 지면을 찾기가 어려웠다. 이에 이러한 상황을 '문장여토(文章如土)'라고 표현한 것이다. 이런 숨막히는 상황에서 선쑹첸(沈松泉), 궈모뤄(郭沫若) 등은 일본으로 망명을 떠났지만, 루쉰 자신은 처자를 버려두고 떠날 수 없으니 '장차 어디로 가야하나(欲何之)'라고 자문(自問)하는 것이다.

2) 교수동운(翹首東雲) : 고개를 들어 동쪽 일본으로 떠난 사람들을 바라보며 자신의 젊은 유학 시절을 회상하고 있다.

3) 소한방림료락심(所恨芳林寥落甚) : '방림(芳林)'은 뛰어난 문인들이 향기로운 작품을 쓰던 문단이다. '요락(寥落)'은 어떤 사람은 살해되고 어떤

사람은 은신하고 또 어떤 사람은 망명을 떠나서 문단이 쓸쓸하고 적막하다는 뜻이다.

4) 춘란추국부동시(春蘭秋菊不同時) : '춘란(春蘭)'은 좌련 5열사처럼 살해되었거나 궈모뤄(郭沫若)나 선쑹첸(沈松泉)처럼 망명을 떠난 젊은 문인들을 비유한다. '추국(秋菊)'은 루쉰을 포함한 문단의 중견 및 원로를 비유한다. 진보 문단의 신인과 중견·원로들이 함께 하지 못함을 안타까워한 것이다.

# 펑쯔에게

불현듯 신선이 벽공(碧空)에서 내리는 듯
두 대의 구름 수레에 동자도 대동했다
가련하게도 펑쯔는 목천자(穆天子)가 아니어서
이곳 저곳 도피 생활에 북풍만을 마시고 있다

◉ 해설

이 시는 1932년 3월 31일 야오펑쯔(姚蓬子: 1891-1969)에게 써준 것이다. 1932년 상하이 1·28 사변 후에 문인들이 도피하는 과정에서 종적이 묘연해지자, 그 처자와 친척들이 이들을 찾아나서는 일이 많았다. 당시 무무톈(穆木天: 1900-1971)의 부인도 남편의 종적을 찾아 아이 둘을 데리고 야오펑쯔의 집으로 찾아왔으나, 남편 무무톈을 찾을 수 없었다. 당시 루쉰·야오펑쯔·무무톈은 모두 좌련의 주요 구성원이었다. 야오펑쯔가 루쉰을 찾아와 이 일을 이야기하자 루쉰이 즉석에서 이 시를 써서 야오펑쯔에게 주었다고 한다. 황급한 상황에서도 서늘한 유머를 발휘하는 루쉰 특유의 어감을 느낄 수 있다.

# 贈蓬子[1]

蠚地飛仙降碧空,[2]

雲車雙輛挈靈童.[3]

可憐蓬子非天子,[4]

逃去逃來吸北風.[5]

◎ 미주

1) 펑쯔(蓬子) : 야오펑쯔(姚蓬子: 1891 – 1969)이다. 저장성(浙江省) 주지(諸暨) 사람이다. 1930년 자유운동대동맹(自由運動大同盟)에 참여하였고, 같은 해 당시 중국 진보 문인들의 연합 단체였던 좌련(左聯)에 가입하였다. 이후 좌련의 총무부장 및 당단서기(黨團書記)를 역임하였다. 1933년 12월 톈진(天津)에서 체포되어 난징(南京)으로 이송되었으며 1934년 4월 전향하여 출옥후에는 국민당 중앙문화운동위원회 위원과 중앙도서잡지 심사위원회 위원을 역임하였다.

2) 맥지비선강벽공(蠚地飛仙降碧空) : '맥지(蠚地)'는 갑자기, 불현듯. '비선강벽공(飛仙降碧空)'은 갑자기 야오펑쯔(姚蓬子)를 찾아온 무무텐(穆木天)의 부인과 아이들을 신선으로 비유한 것이다. 이는 중국 고대소설인『목천자전(穆天子傳)』의 모티브를 패러디한 것이다.『목천자전』은 그 진위에 대해 아직까지도 논란이 많지만 대체로 중국 전국시대에 저술된

것으로 알려져 있는 지괴소설의 일종이다. 주(周) 나라 목왕(穆王)이 팔
준마(八駿馬)를 타고 하늘을 날아 북방와 서방을 유람하면서 나중에 서
왕모(西王母)를 만나 잔치를 함께 하며 즐긴다는 내용이다. 무무톈(穆木
天)의 이름이 '목천자(穆天子)'와 유사하므로 그의 가족을 신선으로 비
유한 것이다.

3) 운거쌍량설령동(雲車雙輌挈靈童) : '운거(雲車)'는 중국 신화에 나오는 신
   선들이 타는 수레이다. 실제로는 무무톈(穆木天)의 가족이 타고 온 인력
   거를 비유한다. '쌍량(雙輌)'은 당시 무무톈(穆木天)의 부인이 인력거 두
   대에 아이들과 나누어 타고 야오펑쯔(姚蓬子) 집에 왔다고 한다. '영동
   (靈童)'은 신선을 수행하는 신령스러운 동자들이다. 여기에서는 무무톈
   의 아이들을 가리킨다.

4) 가련봉자비천자(可憐蓬子非天子) : 가련하게도 무무톈의 가족이 야오펑
   쯔를 찾아왔지만 야오펑쯔는 목천자(穆天子: 穆木天을 비유함)가 아니라
   는 의미.

5) 도거도래흡북풍(逃去逃來吸北風) : 따라서 무무톈의 부인은 남편을 찾지
   못하고 이리 저리 도피 생활에 차가운 북풍만 마시고 있다는 뜻.

# 1·28 상해사변 직후에 쓰다

전운이 잠시 걷혀 늦은 봄날 펼쳐지고

포성과 맑은 노래 모두가 적막하다

일본 귀국 친구에게 보내줄 시도 없어

마음 속 깊이 깊이 무사평안 축원한다

◎ 해설

이 시는 1932년 1·28 상해 사변[1] 직후에 쓴 것인데, 같은 해 7월 11일 일본인 야마모토 하츠에(山本初枝: 1898-1967) 여사에게 증정하였다. 야마모토 하츠에는 와카(和歌) 작가로 필명은 유란(幽蘭)이며, 저명한 와카 작가 츠치야 분메이(土屋文明)의 제자이다. 야마모토 하츠에는 1930년 『주부지우(主婦之友)』의 기자로 상하이로 와서 우치야마 서점에 드나들며 루쉰과 알게 되었고, 1932년 7월 야마모토가 귀국할 때 루쉰이 이 시를 써주며 송별하였다.

1) 1·28 상하이 사변(一·二八上海事變) : 1931년 9월 18일 일본의 만주 침략으로 중국에 항일운동이 광범위하게 확산되자 상하이에서도 항일 애국 운동이 격렬하게 일어났다. 이러한 분위기하에서 1932년 1월 28일 조계(租界)를 경비하던 일본 해군육전대(海軍陸戰隊)와 중국 제19로군(路軍) 사이에 전투가 벌어졌다. 일본은 상하이를 무차별 포격하며 2월 중순에 육군 3개 사단을 증파하여 3월 중순 중국군을 상하이 부근에서 퇴각시켰다. 승전 후 일본군은 같은 해 4월 29일 홍커우(虹口) 공원에서 전승 축하연을 열었고 이 자리에서 한국의 윤봉길 의사가 폭탄을 투척하여 일본의 군부 요인들을 대거 살상하였다.

# 一·二八戰後作

戰雲暫斂殘春在,

重炮淸歌兩寂然.[1]

我亦無詩送歸棹,

但從心底祝平安.

◎ 미주

1) 중포청가(重炮淸歌) : '중포(重炮)'는 중화기 대포. 1·28 상하이 사변을 비유한다. '청가(淸歌)'는 청아한 노래. 문단의 우수한 작품을 비유한다.

# 자조


화개운(華蓋運)이 덮였다니 무엇을 할 것인가?

뒤척이지도 못하고 벌써 머리에 부딪쳤다

낡은 모자로 얼굴 가리고 시장통을 지나가고

물 새는 배에 술을 싣고 강물 속을 떠다닌다

분노한 눈으로 냉랭하게 사람들 손가락질과 맞서고

고개 숙이고 기꺼이 아이들 소가 되련다

좁은 누각에 숨어서도 나의 정신 한결 같으니

그들의 춘하추동 마음대로 해보라지


## ◉ 해설

이 시는 1932년 10월 12일 류야쯔(柳亞子: 1887－1958)에게 써준 것이다. 루쉰의 구시(舊詩) 가운데 가장 유명한 작품의 하나이며, 특히 경련(頸聯)의 "분노한 눈으로 냉랭하게 사람들 손가락질과 맞서고, 고개 숙이고 기꺼이 아이들 소가 되련다(橫眉冷對千夫指, 俯首甘爲孺子牛)."는 베이징 루쉰박물관 현관과 상하이 루쉰기념관 현관에 크게 황금색 글자로 각자되어 있는 유명한 시구이다. 지명 수배로 도피 생활을 하던 당시 루쉰의 곤경과, 그럼

에도 불구하고 흔들림 없이 견지해나간 루쉰의 굳건한 정신, 때묻지 않은
아이들에게 기탁하는 미래의 희망, 권력 투쟁에 여념이 없던 국민당 군벌
들에 대한 분노와 조소를 한데 버무려 루쉰 문학의 전형적인 구도를 한 폭
의 짧은 시에 구현해내고 있다.

# 自嘲

運交華蓋欲何求?[1]

未敢翻身已碰頭.[2]

破帽遮顏過鬧市,[3]

漏船載酒泛中流.

橫眉冷對千夫指,

俯首甘爲孺子牛.

躱進小樓成一統,[4]

管他冬夏與春秋.

### ◉ 미주

1) 화개(華蓋) : 본래는 임금이나 귀인들이 쓰던 화려한 일산(日傘)이다. 여기에서는 '화개운(華蓋運)'을 말한다. 스님이 화개운(華蓋運)을 만나면 머리에 후광이 덮이는 것으로 간주되어 성불(成佛)할 조짐으로 보지만, 속인들이 화개운을 만나면 화개(華蓋)의 무게를 감당할 수 없어 머리가 깨지게 되므로, 운명이 막히고 불운하게 된다고 한다. 그러나 루쉰은 화개운을 피하지 않고 머리가 깨지더라도 굳건한 정신을 견지하고 있다.

2) 팽두(砰頭) : 머리 위에 씌워진 화개(華蓋)가 머리를 치는 것이다.

3) 파모차안과료시(破帽遮顏過鬧市) 이하 2구 : 당시 루쉰이 검거를 피해 도
피 생활을 하던 상황이다.

4) 타진소루성일통(躱進小樓成一統) : 루쉰이 상하이 조계지(租界地)의 좁은 방
에 숨어서도 일관되고 통일된 생활과 정신을 유지하겠다는 것이다. 루
쉰은 1928년 스스로 "여전히 아파트 2층에 숨어서 번역 일을 좀 하고
있을 뿐이다(不過仍舊躱在樓上譯一點書)"라고 하였다(「在上海的魯迅啓事」). 펑
나이차오(馮乃超)도 같은 시기 혁명문학 논쟁 가운데서 루쉰의 사상 경
향을 비난하며 '은둔주의'라고 하였다(「藝術與社會生活」). 루쉰은 당시
창조사 작가들이 '예술을 위한 예술'을 주장하다가 갑자기 '프롤레타
리아 혁명 문학'으로 전환한 민첩성을 비꼬고, 또 전국 통일을 이루었
다고 말하면서도 각지에 군벌들이 할거하고 있는 국민당 정부의 분열
상을 풍자하기 위해 자신은 통일된 생활과 정신을 유지하고 있다[一統]
고 주장하는 것이다.

# 교수 잡가<sup>4수</sup>

1.

큰 소리만 치고서 언행일치 하지 않고

유연한 처세로 마흔을 넘겼다

그러니 그대의 살찐 머리 걸고서

변증법에 맞서는 것도 당연한 일이지

◎ 해설

이 4수의 시는 모두 1932년 말에서 1933년에 걸쳐 지어진 것이다. 4수의 시마다 모두 당시 대학 교수직에 있던 구체적인 풍자 대상이 있다. 첫째 수와 둘째 수는 『루쉰일기(魯迅日記)』 1932년 12월 29일자 기록에 의하면 쩌우멍찬(鄒夢禪)과 천바이핀(陳白頻)에게 써준 것으로 되어 있다.

첫째 수는 베이핑사대(北平師大) 국문과 주임으로 재직하고 있던 첸쉔퉁(錢玄同: 1887-1939)의 퇴영적인 행태를 풍자한 것이다. 첸쉔퉁은 젊은 시절 반청(反淸) 혁명에 공감하여 진보적인 사상 경향을 보였다. 1906년 일본으로 건너가 와세다대학(早稻田大學) 사범과에서 공부하였다. 1908년 역시 일본에 유학중이던 루쉰(魯迅)·쉬서우창(許壽裳) 등과 함께 혁명파 원로였던 장타이옌(章太炎: 1869-1936) 선생 문하에서 공부하면서 그의 혁명 사상에

영향을 받고 혁명 단체인 '광복회(光復會)'에 가입하였다. 1912년 귀국하여 베이징 고등사범학교(北京高等師範學校: 北京師大 전신) 교수와 베이징대학(北京大學) 예과(豫科) 교수를 겸임하면서, 신문학 운동의 산실이었던 『신청년(新靑年)』의 편집을 담당하였다. 이 때 루쉰에게 소설 쓰기를 권고하여, 중국 최초의 현대 소설 『광인일기(狂人日記)』가 탄생할 수 있도록 막후 역할을 한 일은 매우 유명한 일화이다. 1920년대 중반까지 첸쉔퉁은 어느 정도 중국의 혁명 노선에 동참하고 있었고, 이 때 그는 일본 겐코법사(兼好法師)가 『도연초(徒然草)』에서 한 말을 근거로 "사람은 나이 40이 되면 마땅히 죽어야 한다. 죽지 않으면 총살시켜야 한다(人到四十就該死, 不死也該槍斃)"고 극언(極言)을 하였다. 그러나 자신은 5·4 이후 점차 사상이 퇴보하여 마흔 살을 넘어서도 교수로서의 유유자적한 생활을 즐기는 이른바 징파(京派) 명인(名人) 생활에 안주하였다. 또한 이 당시 첸쉔퉁은 학생들이 진보 사상에 접하는 것을 막기 위해, "내 머리는 자를 수 있지만, 변증법 과목은 개설할 수 없다(頭可斷, 辯證法不可開課)"고 하여 학구열에 불타는 대학생들과 젊은 지식인들의 빈축을 샀다. 1929년 5월 루쉰이 잠시 베이징에 들렀을 때, 쿵더학교(孔德學校)에서 첸쉔퉁을 만났는데, 이때는 이미 두 사람간의 사상 차이가 너무나 현격하여 서로 인사나 나누는 정도에 그쳤다고 한다. 이 즈음 루쉰은 아내 쉬광핑(許廣平)에게 보낸 편지에서 "살이 찌고 기름기가 흐르는 몸에, 쓸 데 없는 잡담은 여전했는데 정말 세월이 아깝다는 생각이 들어 침묵 속에 아무 말도 나누지 않았소(胖滑有加, 嘮叨如故, 時光可惜, 默與不談)"라고 첸쉔퉁을 비판하고 있다. 위의 시는 바로 이러한 배경을 이해해야 명확한 의미를 건져낼 수 있다.

2.

가련하다 직녀성이여

견마(牽馬)의 아내가 되었으니

까막 까치도 아마 오지 않으리

저 아득한 소젖의 길에


◉ 해설

　　이 시는 당시 상하이 푸단대학(復旦大學) 교수이던 자오징선(趙景深: 1902
-1985)을 풍자한 것이다. 자오징선은 문학연구회 회원으로 1927년 상하이
카이밍서점(開明書店) 편집을 담당하였으며, 1929년부터는 상하이로 옮겨온
베이신서국(北新書局) 편집을 담당하며 푸단대학 교수를 겸임하고 있었다.
1929년 9월 외국 서적 번역 문제를 둘러싸고 루쉰과 신월사(新月社)의 량스
츄가 논쟁을 벌일 때,[1] 자오징선은 량스츄의 견해를 지지하며, 몇 편의 글
을 써서 루쉰을 공격하였다. 이 때 루쉰은 표현이 어색하더라도 내용상의
왜곡이 없는 직역을 주장하였고, 량스츄와 자오징선은 읽기 어려운 직역
은 번역이 아니라고 하면서 문맥의 유창함을 중시하는 의역을 주장하였
다. 심지어 자오징선은 「번역을 논함(論飜譯)」이라는 글에서 "번역 내용이
정확한가 아닌가는 둘째 문제이고, 가장 중요한 것은 번역 문맥이 유창한
가 아닌가이다(譯得錯不錯是第二個問題, 最要緊的是譯得順不順)"라고 하였다.[2]
이러한 입장의 연장에서 자오징선은 1931년 11월호 『소설월보(小說月報)』
에 서구 문단의 소식을 소개하는 과정에서 그리스 신화에 나오는 반인반
마(半人半馬)의 괴수 켄타우로스를 번역하여 반인반우(半人半牛)의 괴수라고
왜곡하였다. 루쉰은 이에 대해 1931년 12월 20일 『북두(北斗)』 제1권 제4기
에 「풍마우(風馬牛)」라는 글을 발표하여 자오징선의 번역이 말과 소도 구

---

1) 량스츄(梁實秋), 「論魯迅先生的'硬譯'」, 루쉰(魯迅), 「'硬譯'與'文學的階級性'」 참조.
2) 자오징선(趙景深), 「論飜譯」, 『독서월간(讀書月刊)』, 1931년 3월호.

별 못하는 부정확한 것이라고 신랄하게 비판하였다.3) 또 그리스 신화에 의하면 제우스의 아내 헤라의 젖이 뿌려져서 은하수[Milky way]가 되었는데, 자오징선은 '젖[milk: 奶]'을 번역하여 '소젖[牛奶]'이라 하고, '젖의 길[Milky way: 奶路]'을 번역하여 '소젖의 길[牛奶路]'이라고 하였으므로 이쯤 되면 은하수에는 칠월칠석에 까마귀와 까치도 길을 몰라 찾아올 수 없다고 루쉰은 비꼬았다.


3.

세계에는 문학이 있고

소녀에게는 풍만한 엉덩이가 있다

닭계장으로 돼지고기를 대신하려다가

북신서국이 결국 문을 닫았다


◉ 해설

이 시는 당시 상하이 지난대학(暨南大學) 교수이던 장이핑(章衣萍: 1900–1946)을 풍자한 것이다. 장이핑은 베이징대학 학생 때부터 그의 아내 우수텐(吳曙天)과 함께 『어사(語絲)』에 글을 기고하였다. 졸업 후 1927년부터는 상하이 지난대학(暨南大學) 문학원(文學院) 교수를 역임하며 베이징에서 상하이로 옮겨간 베이신서국(北新書局)의 편집을 맡아 영리 목적의 책을 많이 출판하면서 막대한 이익을 남겼다. 이런 영리 목적으로 출판한 총서가 『세계문학총서(世界文學叢書)』와 『민간고사총서(民間故事叢書)』이다. 또 장이핑은 당시 「침상수필(枕上隨筆)」이라는 글에서 "게으름뱅이의 봄날이여! 나는 여

---

3) 『이심집(二心集)』 참조.

인의 엉덩이를 더듬는 것도 게으르구나!(懶人的春天哪! 我連女人的屁股都懶得去摸了!)"라고 하여, '엉덩이 더듬 시인[摸屁股詩人]'이라는 별명이 붙었다.[4] 또 베이신서국에서 1931년 출판한 『민간고사총서』에 「어린 저팔계(小猪八戒)」라는 이야기가 있었는데, 그 내용 중에 돼지고기와 관련하여 회교도(回教徒)들이 싫어하는 부분이 있었다. 또 같은 책의 표지도 회교도의 교리에 저촉되는 것을 사용하여 상하이 거주 회교도들의 분노를 사게 되었다. 상하이 거주 회교도들은 즉시 베이신서국에 편지를 보내어 해당 서적을 판금시키고 공개 사과할 것을 요구하였다. 그러나 베이신서국에서 차일피일 하며 1년을 끌자, 1932년 10월 27일에 상하이 회교도들은 집단 행동에 돌입하여 베이신서국을 강제로 폐쇄하고 공개 기자회견을 열면서 당시 난징(南京) 정부에 베이신서국 폐쇄 청원서를 제출하였다. 이 일은 당시 항저우(杭州)의 『남화문예(南華文藝)』에 실린 러우쯔쾅(婁子匡)의 「회교도들은 왜 돼지고기를 먹지 않는가(回教徒爲甚麽不吃猪肉)」라는 글의 회교 모욕 문제와 합쳐지면서 상하이 · 저장(浙江) · 화베이(華北) 등지의 회교도들의 합동 항의와 청원으로 확산되었다. 이 때문에 난징 정부에서는 1932년 11월 상순 행정원 명의로 공문을 발송하여 베이신서국을 강제 폐쇄하였다.[5]

4.

명인께서 소설을 뽑았으나
목수의 먹선에 한계가 있었다
비록 망원경을 가지고 있어도
어쩔 수 없이 근시안이었다

4) 거신(葛新), 『루쉰시가역주(魯迅詩歌譯註)』(上海: 學林出版社, 1993), 141면 참조.
5) 장쯔창(張自强), 『루쉰선생시소증(魯迅先生詩疏證)』(成都: 四川文藝出版社, 1992), 279면.

이 시는 당시 상하이 푸단대학(復旦大學) 신문학과 주임교수이던 셰류이(謝六逸: 1898-1945)를 풍자한 것이다. 셰류이는 일본 유학파 출신으로 문학연구회의 회원이었다. 그러나 1920년대 말부터 국민당의 '민족주의문학(民族主義文學)'을 지지하였고, 1930년에는 민족주의문학파의 대표자 주잉펑(朱應鵬) 등과 함께 '상하이문예계구국회(上海文藝界救國會)'를 발기하였다. 1935년에는 『입보(立報)』라는 신문의 주간을 맡아 루쉰에게 여러 차례 원고를 청탁하였으나 루쉰은 모두 거절하였다. 이보다 앞서 1932년 그는 상하이 리밍서국(黎明書局)에서 영리 목적으로 『모범소설선(模範小說選)』을 편집하면서 루쉰(魯迅)·마오둔(茅盾)·위다푸(郁達夫)·예성타오(葉聖陶)·빙신(氷心) 등 5명의 유명 작가의 작품을 함께 실었다. 이 『모범소설선(模範小說選)』은 정작 작가들의 동의를 받지 않은 셰류이 개인의 임의 편집이었으며, 더더욱 그 목적이 사적인 돈벌이를 지향하고 있었다. 셰류이는 세간의 논란을 염두에 둔 듯 1932년 12월 22일 『신보(申報)』에 「소설 평선에 관하여(關于小說的評選)」라는 글을 발표하여 이렇게 변명하고 있다. "나를 욕하는 말은 다른 것이 아니고 바로 '근시안(近視眼)'이라는 말일 것이다. 기실 나의 눈이 어찌 근시이겠는가? 나도 일찍이 천리를 보는 망원경을 가지고 사막 지역에서 각 방향을 향하여 멀리까지 조망한 적이 있다. 국내의 작가들이 어떻든 이 다섯 명에 그치지 않는다는 것은 명확한 사실이다. 하지만 내가 행한 작업은 '목수'의 작업이다. 목수는 목재를 선택할 때, 반드시 자신의 먹선[墨線]에 맞을 수 있는지를 고려한다. 이 때문에 나는 이들 작가들의 작품에 좀 무례를 범하게 된 것이다. 기타 작가들의 기타 걸작에 대해서는 다른 목수들이 먹선을 사용하기를 기다려야 할 것이다."6) 루쉰의 이 시는 바로 셰류이의 영리 목적 출판을 풍자한 것이며, 그가 겉으로 내세우는 목수의 기준이라는 명분은 가식적인 변명에 불과하다는 것을 폭로하고 있다.

---

6) 장쯔창(張自强), 『루쉰선생시소증(魯迅先生詩疏證)』(成都: 四川文藝出版社, 1992), 284면 재인용.

# 敎授雜詠四首

作法不自斃,[1]
悠然過四十.[2]
何妨賭肥頭,[3]
抵當辯證法.

可憐織女星,
化爲馬郎婦.[4]
烏鵲疑不來,
迢迢牛奶路.[5]

世界有文學,[6]
少女多豊臀.[7]
鷄湯代猪肉,[8]
北新遂掩門.

名人選小說,[9]
入線云有限.[10]

雖有望遠鏡,[11]

無奈近視眼.[12]



1) 작법부자폐(作法不自斃) : 『사기(史記)·상군열전(商君列傳)』에 의하면, 상
   앙(商鞅)이 진(秦) 나라 재상에 임명되어 효공(孝公)을 도와 새로운 법률
   을 많이 제정하였는데, 그 중에 하나는 통행증이 없으면 여관에 투숙
   할 수 없고, 이를 어기면 손님과 여관 주인이 함께 벌을 받도록 하는
   법률이었다. 훗날 상앙이 권세를 잃고 도망자 신세가 되었을 때, 한 여
   관에 투숙하자 상앙이 통행증을 가지고 있지 않다는 이유로 숙박을
   거절하였다. 이에 상앙은 진(秦) 나라 군사에게 사로잡혀 가서 거열형
   (車裂刑)에 처해졌다. 후세 사람들은 이를 두고 '자신이 만든 법에 걸려
   자신이 죽었다(作法自斃)'고 조소하였다. 현대 중국어에서도 스스로 무
   덤을 파는 행위를 '작법자폐(作法自斃)'라고 한다. 루쉰(魯迅)은 이 고사
   성어를 뒤집어서, 첸쉔퉁(錢玄同)이 젊은 시절 40에 죽는다고 큰 소리를
   치고서도, 40을 넘어서 여전히 유연한 처세로 희희낙락 살아가는 모습
   을 투영하고 있다. 죽는 법을 만들고도 스스로 죽지 않았으니 첸쉔퉁
   은 상앙보다 뛰어난 인물인가?

2) 유연과사십(悠然過四十) : 첸쉔퉁(錢玄同)은 1920년대 중반에 "사람은 나
   이 40이 되면 마땅히 죽어야 한다. 죽지 않으면 총살시켜야 한다(人到
   四十就該死, 不死也該槍斃)"고 극언(極言)을 하였다. 그러나 그는 피둥피둥
   한 몸매로 교수직에 안주하고 있었다.

3) 하방도파두(何妨賭肥頭) : 살찐 머리 걸고서 도박을 하는 것이 무슨 방
   해가 되랴? 첸쉔퉁(錢玄同)은 당시 "내 머리는 자를 수 있지만, 변증법
   과목은 개설할 수 없다(頭可斷, 辯證法不可開課)"고 하였다.

4) 화위마랑부(化爲馬郎婦) : 중국 전설에 의하면 직녀(織女)는 우랑(牛郎: 牽
   牛)의 아내인데, 자오징선(趙景深)처럼 소와 말을 바꾸며 원본을 왜곡할

경우, 직녀는 결국 마랑(馬郞: 牽馬)의 아내가 된다는 것이다. 루쉰 특유의 신랄한 풍자이다.

5) 우내로(牛奶路) : 은하수의 영어 이름이 'Milky way'인데, 자오징선은 '젖[milk: 奶]'을 번역하여 '소젖[牛奶]'이라 하고, '젖의 길[Milky way: 奶路]'을 번역하여 '소젖의 길[牛奶路]'이라고 하였으므로 칠월칠석에 까마귀와 까치도 길을 몰라 찾아올 수 없다는 것이다. 장쯔창(張自强), 『루쉰선생시소증(魯迅先生詩疏證)』(成都: 四川文藝出版社, 1992), 278면.

6) 세계유문학(世界有文學) : 베이신서국(北新書局)에서 장이핑(章衣萍)이 편집 출판한 『세계문학총서』이다.

7) 소녀다풍둔(少女多豊臀) : 위의 제3수 해설 참조.

8) 계탕대저육(鷄湯代猪肉) : 이 당시 장이핑(章衣萍)은 돈을 많이 벌면 돼지고기를 먹지 않고 닭계장을 먹겠다고 했다고 한다. 장쯔창(張自强), 『루쉰선생시소증(魯迅先生詩疏證)』(成都: 四川文藝出版社, 1992), 278면. 그러나 닭계장을 먹기도 전에 돈만 밝히다가 돼지고기 문제로 베이신서국이 문을 닫았으니, 이 지점이 또한 루쉰의 신랄한 풍자가 겨냥하는 곳이다.

9) 명인선소설(名人選小說) : 셰류이(謝六逸)가 작가의 동의없이 영리 목적으로 『모범소설선(模範小說選)』을 편집하면서 루쉰(魯迅)·마오둔(茅盾)·위다푸(郁達夫)·예성타오(葉聖陶)·빙신(氷心) 등 5명의 유명 작가의 작품을 실은 것을 말한다.

10) 입선운유한(入線云有限) : 셰류이(謝六逸)가 목수의 먹선 운운하며 자신의 평선(評選) 기준을 내세우고 있지만 기실은 문학적인 기준이 없는 유명 작가 위주의 돈벌이 편집이라는 한계를 지니고 있다는 것이다. 위의 제4수 해설 참조.

11) 망원경(望遠鏡) : 셰류이(謝六逸)는 '천리경(千里鏡)'이라고 하였다. 위의 제4수 해설 참조.

12) 근시안(近視眼) : 셰류이(謝六逸)는 근시안이 아니라고 하지만 결국은 돈에 눈이 먼 근시안에 불과하다는 것이다.

# 소문

화려한 등불 연회 밝힐 때 숫을 대문 열려 있고
고운 여인 단장하고 옥 술잔을 시중든다
초토하의 가족이 갑자기 생각나서
비단 버선 살피는 척 눈물을 감춘다

● 해설

이 시는 1932년 12월 31일 우치야마 칸조의 부인 우치야마 미키(內山美喜: 1892-1945)에게 써준 것이다. 호화로운 잔치에 불려와 시중드는 기생의 입장을 통해 파렴치한 군벌 및 부귀한 자들의 사치와 민중들의 비참한 실상을 대비시키고 있다. 낮에는 이 여인의 집과 가족을 초토화시키고 밤에는 이 여인을 불러 술자리의 시중을 들게 하고 있으니, 당시 중국의 참혹한 현실을 짐작할 수 있다.

# 所聞

華燈照宴敞豪門,

嬌女嚴裝侍玉樽.

忽憶情親焦土下,

佯看羅襪掩啼痕.

# 무제<sup>2수</sup>

1.

고향 땅은 칠흑같이 검은 구름에 갇혀 있고
긴긴 밤은 끝도 없이 새봄을 막고 있다
세모에 이 서글픔을 어떻게 견디랴?
한 잔 술을 잡고서 복어를 먹어 본다

● 해설

이 시는 1932년 12월 31일 일본인 하마노우에 노부다카(濱之上信隆: 1899 – 1967)에게 써준 것이다. 하마노우에는 당시 상하이 시노자키(篠崎) 의원의 의사로 근무하고 있었고, 루쉰이 항상 이곳에 가서 진료를 받았다. 『루쉰일기(魯迅日記)』 1932년 12월 28일자 기록에 의하면, 이날 저녁 루쉰은 시노자키 의원의 의사 스보이 요시하루(坪井芳治)의 초청으로 역시 같은 의원의 의사였던 하마노우에와 함께 일본 식당으로 가서 복어[河豚]를 먹었다고 한다. 암담한 현실에서 다시 세모를 맞는 루쉰의 심정이 비애롭게 묘사되어 있다.

2.

하얀 이의 강남 미녀 「양류지곡(楊柳枝曲)」 부르는데
술자리 무르익어도 적막한 늦봄이다
까닭 없는 옛 꿈 생각에 남은 취기 가시는 때
등불 등지고 나 홀로 두견새를 생각한다


◉ 해설

　　이 시는 1932년 12월 31일 일본인 스보이 요시하루(坪井芳治)에게 써준 것
이다. 장쯔창(張自強)의 고증에 의하면 이 시가 지어진 시점은 1932년 1·28
상하이사변 바로 뒤인 2월 16일에서 3월초 사이라고 한다.[1] 둘째 구에 모
춘(暮春)이라는 말이 나오므로 장쯔창의 고증이 근거가 있다고 할 수 있다.
말하자면 1932년 늦봄에 쓴 시를 이 해 연말에 스보이에게 붓글씨로 써준
것이다. 스보이도 역시 상하이 시노자키(篠崎) 의원의 의사였으며, 이틀 전
루쉰을 초청하여 일본 식당에서 복어 요리를 대접하였다. 진보적인 문인들
에 대한 국민당의 무지비한 탄압과 일본 제국주의자들의 무력 침공이 가중
된 상황 하에서도 참인간을 세우기 위한 옛 꿈을 잊지 않고 또 좌련 5열사
등 죽어간 동지들을 그리워하는 루쉰이 심정이 생생하게 그려지고 있다.


---

1) 장쯔창(張自強), 『루쉰선생시소증(魯迅先生詩疏證)』(成都, 四川文藝出版社, 1992),
　 229~230면.

# 無題二首

故鄉黯黯鎖玄雲,

遙夜迢迢隔上春.

歲暮何堪再惆悵,

且持卮酒食河豚.[1]


皓齒吳娃唱柳枝,[2]

酒闌人靜暮春時.

無端舊夢驅殘醉,[3]

獨對燈陰憶子規.[4]


◎ 미주

1) 하돈(河豚) : 복어. 구체적으로는 1932년 12월 28일 루쉰이 스보이 요시하루(坪井芳治)의 초청으로 일본 식당에 가서 복어를 먹은 사실을 가리킨다. 그러나 내면에 복어의 독을 먹고 독을 품는다는 의미가 숨어 있다. 루쉰은 『차개정잡문말편(且介亭雜文末編)·반하소집(半夏小集)』에서 '독을 품지 않으면 장부가 아니다(無毒不丈夫)'라는 말을 인용하면서 강력한 독은 글로 쓰지 않는 말에 묻혀 있고 극도의 경멸은 무언(無言) 속에 숨어 있다고 하였다. 국민당의 무지비한 언론 탄압이 겉으로는 침묵으

로 보이지만 실제로 그 침묵 속에서 맹독(猛毒)이 자라고 있음을 지적
한 것이다.

2) 호치오왜창류지(皓齒吳娃唱柳枝) : '호치(皓齒)'는 '단순호치(丹脣皓齒: 붉은
입술에 하얀 이)'의 준말로 미녀를 가리킨다. '오왜(吳娃)'는 오(吳) 나라의
고운 여인이란 말이다. '오(吳)'는 중국 춘추시대 제후국으로 지금의 쑤
저우(蘇州)·항저우(杭州)·상하이(上海)를 중심으로 한 창강(長江) 하류
일대에 위치하고 있었다. 따라서 흔히 중국에서는 강남 미인을 '오왜
(吳娃)'라고 한다. '유지(柳枝)'는 악곡(樂曲) 이름이다. 본래 한대(漢代)에
는 「절양류곡(折楊柳曲)」이었는데 수(隋)·당(唐)을 거치면서 「양류지곡
(楊柳枝曲)」이 되었다. 허난성(河南省) 뤄양(洛陽) 일대에 유행한 민간 악
곡이다. 고대 중국 사람들은 이별할 때 흔히 버드나무[柳]를 꺾어서 아
쉬운 마음을 표시하였으므로 「양류지곡(楊柳枝曲)」은 이별을 노래한 민
요로 보인다.

3) 구몽(舊夢) : 옛 꿈. 루쉰이 어릴 때부터 평생토록 지향한 꿈, 즉 참인간
[眞的人]을 세우기 위한[立人] 꿈이다. 장쯔창(張自强)은 옛 꿈을 루쉰이
베이징으로 돌아가 오랜 숙원이던 『중국문학사(中國文學史)』와 『중국자
체변천사(中國字體變遷史)』를 완성하는 것이라고 했고(『루쉰선생시소증(魯
迅先生詩疏證)』(成都: 四川文藝出版社, 1992), 225~229면.) 왕훙(王翃)은 노래를
부른 강남 미녀[吳娃]가 부모 형제들이 기다리는 고향으로 돌아가는 것
이라고 하였지만(『루쉰시문감상(魯迅詩文鑑賞)』(武漢: 長江出版社, 2007), 55면.)
전체 문맥으로 볼 때 그렇게 타당한 해석이 아닌 것으로 보인다.

4) 자규(子規) : 두견(杜鵑). 망제혼(望帝魂)·불여귀(不如歸)·촉혼(蜀魂)·원조
(怨鳥) 등으로도 불린다. 『화양국지(華陽國志)·촉지(蜀志)』 권3에 의하면,
중국 전국시대 촉(蜀) 지방의 임금이었던 망제(望帝) 두우(杜宇)가 신하인
별령(鱉靈)에게 쫓겨나 고국인 촉(蜀) 땅으로 돌아가지 못하고 타향에서
원통하게 죽어서 '자규(子規)'가 되었다고 한다. 따라서 '자규(子規)'는
억울한 원혼을 비유한다. 굴원(屈原)의 『이소(離騷)』에서는 자규가 울면
향기로운 꽃들이 시들고, 소인이 득세하며, 현명한 인재가 쫓겨나는
상징으로 쓰이고 있다. 여기에서는 좌련 5열사 등 애국 혁명 활동에
종사하다가 억울하게 죽은 투사들을 비유한다.

# 무제

동정호에 낙엽 지고 초국(楚國) 하늘 높다랗다

여인들의 붉은 피가 적의 군복 물들였다

호수가의 시인도 시를 읊지 못하고

가을 물결 아스라한데 「이소(離騷)」도 잃어버렸다

## 해설

이 시는 1932년 12월 31일 위다푸(郁達夫: 1896-1945)에게 써준 것이다. 1931년 여름 장제스(蔣介石)는 어·위·환(鄂:湖北·豫:河南·皖:安徽) 홍군 토벌 총본부를 후베이성(湖北省) 우한(武漢)에 설치하고 대대적인 포위 공격을 실시하여, 1932년 가을에는 이 지역 홍군 근거지를 반 이상 붕궤시켰다. 이 포위 공격 기간 동안 국민당군은 막대한 화력을 동원하여 여성과 어린이를 포함한 무고한 민간인들에게도 포격을 가하여 창강(長江) 유역과 후난성(湖南省) 둥팅후(洞庭湖) 주변에는 수많은 희생자가 발생하였다. 당시 대외적으로는 1931년 9월 18일 일본군이 만주를 점령하였고, 1932년 1월 28일에는 일본군이 상하이를 대대적으로 포격하여 중국군을 패퇴시키는 등 일본 제국주의의 중국 침략이 노골화되고 있었다. 이 때문에 일본의 침략에는 소극적으로 대응하면서도 홍군과의 내전에서는 민간인에 대한 공격도 서슴지 않는 국민당군에 대하여 중국 국민들의 불만이 팽배해 있었다.

뿐만 아니라 1932년 11월 15일 국민당 중앙선전부에서는 국민당의 정책을 비판하는 자들을 '위해분자(危害分子)'로 규정하고 이들의 모든 작품 활동을 금지시킨다는 '심사표준'을 발표하였다. 이 시는 바로 이러한 상황을 배경으로 지어진 것이다. 여성을 포함한 무고한 민간인 살상에 항의하고, 또 가혹한 언론 검열을 비판하기 위해 지어진 시로 보인다.

# 無題

洞庭木落楚天高,[1]

眉黛猩紅浣戰袍.[2]

澤畔有人吟不得,[3]

秋波渺渺失離騷.[4]

## ◎ 미주

1) 초천(楚天) : '초(楚)'는 중국 춘추전국시대의 초(楚) 나라로 지금의 후난성(湖南省) 일대에 자리하고 있었다. 따라서 후난성을 '초(楚)'라고도 부른다. 당시 장제스(蔣介石)는 어·위·환(鄂:湖北·豫:河南·皖:安徽) 지역의 승전에 편승하여 그의 부인 쑹메이링(宋美齡)과 함께 1932년 10월말에서 11월 초순까지 후난성 창사(長沙) 일대를 시찰하며 유람을 즐겼다.

2) 미대성홍와전포(眉黛猩紅浣戰袍) : '미대(眉黛)'는 일반적인 여성에 대한 호칭이다. 여성들은 화장을 하며 눈썹을 먹으로 그리기 때문에 이렇게 부른다. '성홍(猩紅)'은 선홍색이다. 무고한 여성들이 흘린 피의 색깔이다. '와(浣)'는 더럽히다. '전포(戰袍)'는 병사들이 입는 방한 외투이다. 당시 내전에서 민간인들을 학살하는 국민당군은 따뜻한 방한 외투를 입고 있었지만, 추운 변방에서 일본군과 맞서 싸우는 병사는 방한복이 없었다. 이 때문에 1932년 11월 26일 『신보(申報)·자유담(自由談)』 코너

에는 청루딩(程魯丁)의 「누가 전포(戰袍)를 보낼 것인가(何人送戰袍)」라는
글이 실려, 일본군과 싸우는 변방 병사들에게 방한 전포(戰袍)를 보내
자는 운동이 전개되기도 하였다. 이 부분에도 루쉰의 역설적인 풍자가
숨어 있다. 장쯔창(張自强), 『루쉰선생시소증(魯迅先生詩疏證)』(成都: 四川文
藝出版社, 1992), 265~266면.

3) 택반유인음부득(澤畔有人吟不得) : 『어부사(漁父辭)』: "굴원이 이미 추방
   되어 강물위를 떠돌고, 호수가를 걸으며 시를 읊었다(屈原旣放, 游於江潭,
   行吟澤畔)." '택반유인(澤畔有人)'은 본래 초(楚) 나라 애국시인 굴원(屈原)
   을 지칭하는 말이나 여기에서는 국민당의 언론 검열로 글을 쓰지 못
   하고 울분으로 떠돌던 당시 문인들을 가리킨다.

4) 실이소(失離騷) : 「이소(離騷)」는 중국 전국시대 초(楚) 나라 시인 굴원(屈
   原)의 작품으로 전해지는 초사체(楚辭體) 문장의 대표작. 간신들의 참소
   로 추방된 굴원이 강호를 방랑하며 가슴속 울분을 환상적으로 표현했
   다고 함. 따라서 '이소를 잃어버렸다[失離騷]'는 말은 가슴 속의 울분도
   표출할 수 없는 당시 문인들의 엄혹한 상황을 비유한다.

# 민국 22년 원단

높은 산에 구름 덮여 장군이란 자 보호하고
추운 마을에 우레 쳐서 백성들 씨말린다
조계지 좋은 생활 이보다는 더 나으리라
마작 치는 소리 속에 또 새봄을 맞을 터이니

## ◉ 해설

이 시는 1933년 1월 26일(음력 설)에 타이징눙(臺靜農: 1903－1990)에게 써준 것이다. 『루쉰일기(魯迅日記)』 1933년 1월 26일자 기록에 의하면 루쉰은 본래 이 시를 우치야마 칸조(內山完造)에게 써주려고 하다가, 당시 봉천 군벌과 베이징 공안국에 체포되어 구류를 살고 또 아들이 병사하는 등의 갖은 고초를 겪고 있던 타이징눙에게 이 시를 증정하였다. 당시 '안내양외(安內攘外)' 즉 '국내를 먼저 안정시키고 외세 침략에 대항한다'는 국민당의 정책을 매우 시니컬한 반어(反語)로 풍자하고 있는 시이다.

# 二十二年元旦

雲封高岫護將軍,[1]

霆擊寒村滅下民.[2]

到底不如租界好,

打牌聲裏又新春.[3]

## ◎ 미주

1) 운봉고수호장군(雲封高岫護將軍) : 상하이에서 일본과 1·28 사변에 대한 정전 협정을 맺은 반 달 후인 1932년 5월 21일 장제스(蔣介石)는 어·위·환(鄂:湖北·豫:河南·皖:安徽) 홍군을 토벌하기 위해 루산(廬山)에 총본부를 설치하고 각 지역 군벌과 고급 장교들을 소집하여 군사회의를 개최하였다. 이 구절은 바로 이때의 상황을 비꼬고 있다.

2) 정격(霆擊) : 천둥이 치다. 국민당과 일본군의 무자비하고 무분별한 폭격을 비유한다.

3) 타패(打牌) : 당시 상하이 조계지에서는 중국 안팎의 엄중한 위기 상황에도 불구하고 개인적인 향락을 즐기며 소일하는 군벌들과 부호들이 많았다.

# 화가에게

백하(白下) 땅에 바람 불어 온갖 수풀 캄캄하다
푸른 하늘에 안개 덮여 많은 꽃들 시들고 있다
새로운 그림을 화가에게 부탁해도
붉은 먹만 갈아서 봄 산을 그리고 있다

● 해설

　이 시는 1933년 1월 26일 일본 화가 모치즈키 교쿠세이(望月玉成)에게 써 준 것이다. 모치즈키는 당시 상하이로 와서 그림을 그리고 있었다. 바로 앞의 시와 마찬가지로 같은 날인 1933년 음력 설날 여전히 암흑에 덮인 중국의 현실을 그리고 있다.

# 贈畵師

風生白下千林暗,[1]

霧塞蒼天百卉殫.[2]

願乞畵家新意匠,[3]

只研朱墨作春山.[4]

## ◎ 미주

1) 백하(白下) : 본래는 중국 난징(南京) 서북 지역의 한 지명이었으나, 당
   (唐) 고조(高祖) 무덕(武德) 9년(627년)에 당시 난징의 지명인 금릉(金陵) 전
   체를 백하(白下)로 부르게 하였다. 금릉(金陵)·건업(建業)·종산(鍾山)·
   백하(白下) 등은 모두 난징의 별칭이다. 당시 국민당 중화민국 장제스
   (蔣介石) 정부의 수도가 난징이었다.

2) 무색창천백훼탄(霧塞蒼天百卉殫) : 첫째 구, 둘째 구 모두 일제의 침략과
   국공 내전에 당면해 있던 당시 암흑적인 중국의 상황을 비유한다.

3) 의장(意匠) : 글이나 그림의 마음 속 구상.

4) 지연주묵작춘산(只研朱墨作春山) : 암흑적인 현실을 반영한 새로운 그림
   을 그리도록 요청하였으나, 일본 화가는 여전히 붉은 먹으로 꽃피는
   봄 산만을 그리고 있다는 의미.

# 학생과 옥불

적막한 빈 성만 남겨 놓고서

창황하게 골동품을 옮겨 간단다

두령은 과대포장 구실도 많더니

제 체면을 대학생에게 의지한단다

그런데도 소요분자라 망언을 일삼는가?

도망에만 급급하니 가련할 뿐이다

옥불보다 못한 몸이라 탄식을 하고

한 푼어치도 안 되는 육체라 한탄을 한다

◎ 해설

이 시는 1933년 1월 30일에 쓴 잡문 「학생와 옥불(學生和玉佛)」 속에 들어 있다. 이 잡문은 같은 해 2월 16일 『논어(論語)』 반월간 제11기에 발표되었다. 1933년 1월 3일 일본군이 중국의 산하이관(山海關)으로 침공하여 러허(熱河)・차하얼(察合爾) 등지를 점령하자, 화베이(華北)와 베이핑(北平: 北京)이 매우 긴박한 상황에 빠지게 되었다. 이에 국민당 정부는 황급히 베이징 고궁(故宮: 紫禁城)의 방대한 유물을 남쪽으로 옮겨 가려고 하였다. 그리고 마침내 1933년 1월 21일 국민당 중앙연구원 역사언어연구소는 전용 열차를 준비하여 120 상자에 달하는 유물과 고적(古籍)을 운반하기 시작하였다. 이 일로 인하여 당시 베이핑 사람들은 국민당 정부가 아무 저항도 하지 않고 베이핑을 포기한다고 생각하게 되었고, 중국 전체 여론은 크게 술렁이게 되었다. 그러나 아이러니컬하게도 국민당 정부는 1월 28일 베이핑의 각급 대학교에 교육부의 훈령을 내려 대학생들은 중국 국민의 중견이기 때문에 베이핑을 탈출하기 위해 조기 방학을 하거나 조기 시험을 쳐서는 안되고, 의연하게 베이핑을 수호할 것을 요청하였다. 이 훈령은 결과적으로 국민당의 지도부는 도망을 치면서 어린 대학생들에게 베이핑을 지키라는 이율배반적인 지시로 귀착되는 것이어서 당시 중국 국민과 대학생들의 엄청난 비난과 조소를 사게 되었다. 또한 유물 운반을 위해서는 전용 열차와 전용 군대를 편성해주면서도 대학생들에게는 빈 도시에 남아 맨 손으로 일본에 대항하라는 것은 대학생들을 불상보다 못한 존재나 한 푼어치도 안 되는 가치로 비하하는 것이어서 당시 이 조치를 비난하는 여론이 들끓게 되었다. 이 시는 바로 이 때의 상황을 조소하는 내용으로 되어 있다.

# 學生和玉佛

寂寞空城在,[1]

倉皇古董遷.

頭兒誇大口,[2]

面子靠中堅.[3]

驚擾詎云妄?[4]

奔逃只自憐.

所嗟非玉佛,[5]

不值一文錢.

### ◎ 미주

1) 공성(空城) : 모두가 떠나고 유물조차 옮겨가는 텅빈 베이핑(北平: 北京)이다.

2) 두아(頭兒) : 두령. 장제스(蔣介石)를 비하하는 어휘이다.

3) 중견(中堅) : 국민당 정부는 1월 28일 베이핑의 각급 대학교에 교육부의 훈령을 내려 대학생들은 중국 국민의 중견이기 때문에 베이핑을 탈출하기 위해 조기 방학을 하거나 조기 시험을 쳐서는 안 되고, 의연하게 베이핑을 수호할 것을 요청하였다.

4) 경요거운망(驚擾詎云妄) : '경요(驚擾)'는 당시 대학생들이 항일 투쟁에 나서는 것을 국민당 당국이 소요분자라고 비난한 것이다. '거(詎)'는 '하(何)'와 통한다. '운망(云妄)'는 망언을 늘어놓는 것이다.

5) 옥불(玉佛) : 베이징(北京) 베이하이(北海) 남문 밖 퇀청(團城) 청광뎬(承光殿)의 옥으로 만든 불상이다. 높이가 4척(四尺)이고 보석을 상감한 백옥(白玉) 불상이다. 1933년 1월 28일 『신보(申報)』 「호외(號外)」는 고궁(故宮)의 유물을 운반하기 시작했고, 퇀청(團城) 청광뎬(承光殿)의 옥불(玉佛)도 남쪽으로 옮겨갈 것이라고 보도하고 있다. 이 때문에 대학생들 사이에서는 자신들이 절간의 불상보다 못하다고 탄식하는 여론이 비등하였다.

# 최호의 「황학루」 시를 빌어 대학생을 위로하다

권세 있는 사람들은 문화 타고 떠나고

이곳에는 텅텅 빈 문화성만 남아 있다

문화는 한 번 가고 돌아오지 않으니

옛 성은 천년토록 냉랭하게 남으리라

유물 운반 전용 기차는 전문(前門) 역에 늘어섰고

검은 기운 겹겹이 대학생을 누르고 있다

산해관엔 일제 침략, 어느 곳에서 항거하나?

기루(妓樓)에서 노는 사람들은 놀라지도 않는다

● 해설

이 시는 1933년 1월 31일에 쓴 잡문 「숭실(崇實)」의 결론부에 실려 있다. 이 잡문은 같은 해 2월 6일 『신보(申報)·자유담(自由談)』에 발표되었다. 이 시의 제목이 잡문의 제목 그대로 「숭실(崇實)」이라고 되어 있는 판본도 많다. 창작 배경은 앞의 「학생과 옥불(學生和玉佛)」과 같다. 다만 이 시는 풍자적인 의미를 극대화하기 위하여 당(唐) 나라 시인 최호(崔顥)의 유명한 한시

(漢詩) 「황학루(黃鶴樓)」를 패러디하고 있다. 그 원시는 다음과 같다. 이 시와 비교해볼만 하다.

昔人已乘黃鶴去 : 옛 사람은 이미 황학 타고 떠나고
此地空餘黃鶴樓 : 이곳에는 텅텅 빈 황학루만 남았네
黃鶴一去不復返 : 황학은 한 번 가서 다시 오지 않고
白雲千載空悠悠 : 흰 구름만 천년토록 유유히 흐르네
晴川歷歷漢陽樹 : 맑은 강엔 뚜렷하게 한양의 수목 비치고
芳草萋萋鸚鵡州 : 방초는 무성하게 앵무주에 자라있네
日暮鄕關何處是 : 날은 저무는데 고향은 어드메냐?
煙波江上使人愁 : 강물 위에 안개 일어 수심에 잠겨드네

# 剝崔顥「黃鶴樓」詩吊大學生

闊人已騎文化去,[1]

此地空餘文化城.[2]

文化一去不復返,

古城千載冷淸淸.

專車隊隊前門站,[3]

晦氣重重大學生.

日薄楡關何處抗,[4]

烟花場上沒人驚.[5]

◎ 미주

1) 문화(文化) : 베이핑(北平: 北京) 고궁(故宮: 紫禁城) 박물관의 중국 국보와 보물이다. 1933년 상하이로 옮겨갔다가 1945년 8월 일본이 패망하자 다시 원래의 위치로 돌아왔다. 그러나 또다시 국공내전 일어난 뒤 장제스(蔣介石) 정부가 1949년에 타이완으로 옮겼고, 지금은 타이완(臺灣) 고궁(故宮) 박물원(博物院)에 소장되어 있다.

2) 문화성(文化城) : 당시의 베이핑(北平), 지금의 베이징(北京)이다.

3) 전문참(前門站) : 베이징 성의 정문인 정양문(正陽門) 앞에 있던 기차 역
   이다. 지금은 철거되었고 베이징역[北京站]이 그 기능을 대신하고 있다.
   정양문은 흔히 전문(前門)이라고 부른다.
4) 유관(楡關) : 산하이관(山海關)이다. 만리장성의 동쪽 끝자락으로 중국 중
   원 지역과 만주를 가르는 관문이다. 전설에 의하면 진시황(秦始皇)의 대
   장군 몽염(蒙恬)이 느릅나무를 심어 북방 민족과의 경계를 삼았고, 명
   초(明初)에 서달(徐達)이 그곳에서 동쪽으로 40~50Km 떨어진 지금의 산
   하이관(山海關) 자리에 성을 쌓고 관문을 만들었다고 한다.
5) 연화장(烟花場) : 무도장(舞跳場)이나 기루(妓樓)를 가리킨다.

# 『함성(吶喊)』 제시(題詩)

문자를 긁적이다 문자 통제에 걸려들었고
세속에 항거하다 세속 인정을 위반하였다
비난이 가득 쌓이면 골육지친도 떠나는 법
종이 위의 함성만 부질없이 남아 있다

## ◉ 해설

이 시는 1933년 3월 2일 일본인 야마가타 하츠오(山縣初男)에게 써준 것이다. 『방황(彷徨)』 제시(題詩)도 또한 이날 야마가타에게 써주었다. 이 날짜 『루쉰일기(魯迅日記)』에 의하면 이 시는 본래 "10년 전에 쓴 옛날 작품인데 야마가타 선생에게 가르침을 청하였다(自題十年前舊作, 以請山縣先生敎正)"라고 되어 있다. 야마가타 하츠오는 일본 군인으로 일찍이 중국으로 와서 웬스카이(袁世凱)에 반대하는 윈난(雲南) 독군(督軍) 탕지야오(唐季堯)의 참모를 역임하였고, 그 뒤 다시 19로군의 푸젠사변(福建事變)에 참전하기도 하였다. 중국 문학에 심취하여 상하이(上海) 우치야마(內山) 서점의 문예만담회에 자주 참여하였고, 이를 계기로 루쉰과 알게 되어 우치야마 칸조(內山完造)를 통해 루쉰에게 『함성(吶喊)』 및 『방황(彷徨)』 책과 그 제시(題詩)를 부탁하게 된 것이다. 야마가타는 이후 장헌수이(張恨水)의 『중국자화상(中國自畫像)』과 바진(巴金)의 『멸망(滅亡)』을 일본어로 번역하기도 하였다.[1]

---

1) 장쯔창(張自强), 『루쉰선생시소증(魯迅先生詩疏證)』(成都: 四川文藝出版社), 1992, 311면.

# 題『吶喊』<sup>1)</sup>

弄文罹文網,<sup>2)</sup>

抗世違世情.

積毀可銷骨,<sup>3)</sup>

空留紙上聲.<sup>4)</sup>

◎ 미주

1) 『함성(吶喊)』: 루쉰의 첫 번째 소설집이다. 1918년에서 1922년까지 쓴 소설을 모았다. 1923년 8월 베이징대학(北京大學) 신차오사(新潮社)에서 처음 출판하여 같은 해 연말에 재판을 찍었다. 1926년 3판을 찍을 때는 베이신서국(北新書局)으로 판권을 옮겼다. 「광인일기(狂人日記)」·「아Q정전(阿Q正傳)」 등 루쉰의 대표작을 포함하여 모두 15편의 단편소설이 실려 있다.

2) 농문리문망(弄文罹文網): '농문(弄文)'은 문학에 종사하는 것이다. '문망(文網)'은 언론·출판이나 문학 작품을 검열하는 법망이다.

3) 적훼가소골(積毀可銷骨): 『문선(文選)』, 추양(鄒陽), 「어옥중상서자명(於獄中上書自明)」: "수많은 사람들이 입방아를 찧으면 단단한 쇠도 녹아들고, 헐뜯는 말이 가득 쌓이면 골육지친도 모두 떠난다(衆口鑠金, 積毀銷骨)."

4) 지상성(紙上聲): 종이 위의 함성. 어쩌면 공허하고 어쩌면 서글프고 어쩌면 절망적이지만 루쉰(魯迅)이 죽을 때까지 포기하지 않았던 문학 투쟁이다.

# 『방황(彷徨)』 제시(題詩)

신문단은 적막하고

옛 전장은 평화롭다

이 사이에 한 졸병만 남아

창을 메고 혼자서 방황한다

◉ 해설

바로 앞의 『함성(吶喊)』 제시(題詩) 해설 참조. 루쉰(魯迅)이 가장 절망적으로 느꼈던 것은 바로 수많은 변혁의 함성을 집어 삼키고도 요동도 하지 않던 불합리한 중국 현실의 적막이었다.

# 題『彷徨』1)

寂寞新文苑,

平安舊戰場.

兩間余一卒,2)

荷戟獨彷徨.

◎ 미주

1) 『방황(彷徨)』: 루쉰(魯迅)의 두 번째 소설집이다. 1924년에서 1925년 사이에 쓴 단편소설 10편을 모았다. 1926년 베이신서국(北新書局)에서 출판하였다.

2) 일졸(一卒) : 루쉰(魯迅) 자신이다.

# 양첸을 애도하다

어떻게 옛날 같은 호방한 맘 있겠는가?

꽃이 피든 꽃이 지든 되는 대로 살아간다

강남 비에 눈물 뿌릴 줄 어찌 생각했으랴?

이 민중을 위하여 이 투사를 통곡한다

● 해설

이 시는 1933년 6월 20일 일본인 히구치 료헤이(樋口良平)에게 써준 것이다. 1933년 6월 18일 중국민권보장동맹 총간사이던 양첸(楊銓: 楊杏佛: 1893 – 1933)이 국민당 특무(特務)에 의해 암살되었다. 루쉰도 이들의 암살 명단에 포함된 상태였으나, 20일 오후 만국빈의관(萬國殯儀館)에서 삼일장으로 거행된 양첸의 장례식에 직접 참여하여 먼저 간 동지에게 깊은 애도의 마음을 표하였다. 이 사건이 발생한 후 많은 사람들이 루쉰에게 외출 자제를 당부하였으나 루쉰은 양첸의 장례식장으로 향하면서 혹시 살아 돌아오지 못할지도 모른다는 생각에 자기 집의 열쇠도 지니지 않고 출발하였다고 한다. 당시 양첸의 암살은 중국뿐만 아니라, 동아시아 및 세계 각국의 관심을 집중시켰다. 양첸의 장례식날 한국의 저항시인 이육사(李陸史)도 만국빈의관에 갔다가 루쉰을 직접 만난 것으로 알려져 있다. 루쉰은 이날 장례식에 참여한 후 귀가하여 자신의 일본인 친구였던 스보이 요시하루(坪井芳

治)의 부탁으로 히구치 료헤이에게 이 시를 써준 것으로 보인다. 히구치 료헤이는 당시 상하이 방직 주식회사 부속의원 의사로 재직하고 있었다. 루쉰의 한탄과 분노가 매우 선명하게 드러난 시이다.

# 悼楊銓1)

豈有豪情似舊時,

花開花落兩由之.

何期淚灑江南雨,

又爲斯民哭健兒.

◎ 미주

1) 양첸(楊銓: 1893 – 1933) : 자(字)는 싱포(杏佛)이며 장시성(江西省) 린장(臨江: 지금의 淸江) 사람이다. 혁명시사(革命詩社) 남사(南社)의 회원이었으며, 중화민국 건국후에는 교육부 관리가 되었고 뒤에 국민당에 가입하였다. 이후 미국 하바드 대학에 유학한 후 귀국하여 난징고등사범학교(南京高等師範學校), 동남대학(東南大學) 등 대학교수를 거쳐 암살될 무렵에는 중앙연구원(中央硏究院) 총간사와 중국민권보장동맹(中國民權保障同盟) 총간사를 맡고 있었다. 중국민권보장동맹은 당시 중국의 진보적인 애국 인사들이 국민당 정부의 불법 탄압과 암살에 항의하여 만든 단체로 차이웬페이(蔡元培)·쑹칭링(宋慶齡)·루쉰(魯迅)·린위탕(林語堂)·리자오환(黎照寰) 등 유명 인사들이 포함되어 있었다. 양첸은 이 단체의 총간사로 왕성한 활동을 하다가 1933년 1월 18일 국민당의 남의사(藍衣社) 특무에 의해 암살되었다.

# 삼의탑 제시(題詩)

삼의탑은 중국 상하이 자베이(閘北) 싼이리(三義里)에 살던 비둘기의 유골을 안장한 탑이다. 일본에 있다. 일본 농민들이 함께 이 탑을 세웠다.

우레와 화염이 사람 씨를 말리는 때
허물어진 우물과 담장에 굶은 비둘기 남아 있다
마음 넓은 사람 만나 불붙는 집 벗어났고
마침내 높은 탑에 묻혀 영주(瀛洲)를 생각게 한다
정위새는 꿈에서 깨어 여전히 동해를 메우고
투사들은 굳건하게 시대 흐름에 항거한다
재난을 함께 겪는 형제가 여기 있나니
서로 만나 웃음 속에 은원(恩怨)을 해소하리

이 시는 1933년 6월 21일 일본인 니시무라 마코토(西村眞琴: 1883－1956)에게 써준 것이다. 니시무라는 일본 나가노현(長野縣) 마쓰모토(松本) 출신 생물학자이다. 히로시마고등사범학교(廣島高等師範學校)를 졸업하고 1901년 만주로 와서 랴오양소학교(遼陽小學校) 교장을 역임하였고 1912년에는 남만의학당(南滿醫學堂) 생물학 교수가 되었다. 그 뒤 미국 컬럼비아대학에서 철학을 전공하고 귀국하여 홋카이도제국대학(北海島帝國大學) 교수가 되었다. 1·28 상하이 사변 후 『마이니치 신문(每日新聞)』 대표단을 이끌고 상하이로 와서 상하이(上海) 사변으로 부상당한 중국 민중들을 위해 무료 진료를 해주기도 하였다. 이 기간 동안 니시무라는 일본군의 포격으로 폐허가 된 상하이 자베이(閘北) 싼이리(三義里)에서 버려진 비둘기 한 마리를 발견하였고, 이 비둘기를 구조하여 자신이 직접 기르게 되었다. 니시무라는 그 비둘기의 이름을 '싼이(三義)'라고 짓고, 일본으로 귀국할 때 함께 데리고 가서 일본 비둘기와 함께 길렀다. 그러나 1933년 초 그 비둘기 '싼이(三義)'가 죽자 니시무라는 토요타카시(豊中市)에 장사지내고 1m 높이의 자연석으로 '싼이탑(三義塔)'을 세웠다. 니시무라는 또 그 비둘기의 그림을 그려 루쉰에게 부쳐주고 기념 시를 써줄 것을 요청하였다. 루쉰은 니시무라가 평소에 견지한 평화주의에 공감하여 이 시를 써준 것으로 보인다.[1]

---

1) 장쯔창(張自强), 『루쉰선생시소증(魯迅先生詩疏證)』(成都: 四川文藝出版社, 1992), 322~323면.

# 題三義塔

三義塔者，中國上海閘北三義里遺鳩埋骨之塔也，在日本, 農人共建之.

奔霆飛熛殲人子,[1]

敗井頹垣剩餓鳩.

偶値大心離火宅,[2]

終遺高塔念瀛洲.[3]

精禽夢覺仍銜石,[4]

鬪士誠堅共抗流.

度盡劫波兄弟在,[5]

相逢一笑泯恩仇.

◉ 미주
--------

1) 분정비표(奔霆飛熛) : '분정(奔霆)'은 일본 비행기의 공습, '비표(飛熛)'는 일본군의 포화를 비유한다.

2) 대심(大心) : 니시무라 마코토(西村眞琴)가 큰 자비를 베풀었다는 의미이
  다. 일본군의 공습으로 폐허가 되어 사람 자취가 없는 곳에서 일본인
  에 의해 비둘기가 구조되었다는 것은 매우 의미심장한 대비이다. 일본
  침략 만행 현장에서 일본의 의료진이 구조활동을 벌이는 것은 무엇을
  의미하는가?

3) 영주(瀛洲) : 중국 전설에 의하면 중국 동쪽 바다에 삼신산(三神山)이 있
  는데 각각 봉래산(蓬萊山)·방장산(方丈山)·영주산(瀛州山)이라고 한다.
  따라서 '영주(瀛州)'는 흔히 중국 동쪽을 범칭하는 말인데, 여기에서는
  일본을 가리킨다.

4) 정금(精禽) : 중국 전설에 의하면 염제(炎帝)의 어린 딸이 동해(東海)에서
  놀다가 익사하여 정위조(精衛鳥)가 되었는데, 이 정위조는 자신을 죽게
  한 동해에 복수하기 위하여 항상 서산(西山)의 나뭇가지와 돌멩이를 물
  어와 동해를 메운다고 한다. 흔들림 없는 복수심을 비유한다.

5) 겁파형제(劫波兄弟) : '겁파(劫波)'는 '겁화(劫火)' 또는 '겁회(劫灰)'와 통한
  다. 재난이다. '형제(兄弟)'는 일본 제국주의의 침략을 받는 중국 사람
  과 일본 제국주의 침략에 반대하는 일본의 평화주의자를 가리킨다.

# 무제

우(禹) 임금의 나라에는 날쌘 장군도 하 많아라

그런데도 오두막엔 숨은 백성만 남아있다

연못에 비친 그림자 한밤중에 불러다가

맹물이나 들어 올려 어진 황제나 찬양할까

## ◉ 해설

　이 시는 1933년 6월 28일 황핑쑨(黃萍蓀: 1908 - ?)에게 써준 것이다. 바로 전날인 6월 27일 위다푸(郁達夫)가 루쉰을 방문하여 항저우(杭州) 국민당 기관지 『동남일보(東南日報)』 기자 황핑쑨 및 그 표형(表兄)인 저우타오쉔(周陶軒)이 루쉰의 시(詩)를 얻고 싶어한다고 하자, 루쉰이 이 시를 지어 권력에 아부하는 황핑쑨을 조롱하였다. 황핑쑨은 1930년 7월 30일 상하이(上海)『민국일보(民國日報)』에 루쉰을 비방하는 글 「루쉰의 혁명문제(魯迅的革命問題)」를 발표한 이래 국민당의 추천으로 국민당 저장성(浙江省) 기관지 『동남일보』의 기자가 되었다. 이 때 창조사(創造社)의 유명한 소설가 위다푸(郁達夫)가 항저우로 이사하자, 문학청년이 가르침을 청한다는 명목으로 자주 위다푸의 거처를 방문하였다. 이러한 인연으로 황핑쑨은 위다푸를 통해 루쉰에게 제시(題詩)를 부탁하였고, 루쉰은 그가 유명인을 비방한다거나 또는 유명인의 글을 빌어 자신의 이름을 떨쳐보려 하는 의도를 간파하고 매우 반어적인 필치로 이 시를 써서 위다푸를 통해 황핑쑨에게 전달하였다. 또한 황핑쑨은 1935년 가을부터 『동남일보』의 문예 부간 『월풍(越風)』의 편집을 담당하게 되자 이 잡지의 판매 부수를 올리기 위하여 유명 인사인 위다푸·류야쯔(柳亞子)·루쉰 등에게 원고를 청탁하기 시작하였다. 그러나 이들 대부분은 이 속보이는 요청에 응하지 않았고 루쉰도 이를 묵살하였다. 그러자 황핑쑨은 1935년 12월 12일 상하이(上海) 눈 오는 밤에 루쉰을 방문하고 썼다는 「눈 오는 밤 루쉰옹을 방문하다(雪夜訪魯迅翁記)」라는 거짓 문장을 『월풍(越風)』 제5기에 발표하였다. 뿐만 아니라 황핑쑨은 『월풍(越風)』 제6기부터 루쉰이 이 잡지에 글을 써주기로 했다는 거짓 광고를 싣기도 하였다. 1936년 10월 루쉰이 서거하자 황핑쑨은 『월풍』 잡지 표지를 이 시의 사진으로 인쇄하고, 「루쉰은 어떤 사람인가(魯迅是怎樣一個人)」라는 문장을 발표하여 또 다시 루쉰을 악랄하게 비방하였다. 그러나 황핑쑨은 루쉰이 써준 이 시가 마음에 들지 않았던지 일본 평화운동가 야스이 카오루(安井郁)에게 기증하였고, 현재 야스이가 이 시의 원본을 소장하고 있다.[1]

---

1) 장쯔창(張自强), 『루쉰선생시소증(魯迅先生詩疏證)』(成都: 四川文藝出版社, 1992), 343~351면 ; 하이잉(海嬰) 편(編), 『쉬광핑문집(許廣平文集)』 제2권(南京: 江蘇文藝出版社, 1998), 395~400면.

# 無題

禹域多飛將,[1]

蝸廬剩逸民.[2]

夜邀潭底影,[3]

玄酒頌皇仁.[4]

## ◎ 미주

1) 우역다비장(禹域多飛將) : '우(禹)'는 중국 신화에 홍수를 다스리고 순(舜)에게서 임금 자리를 선양받아 하(夏) 나라를 세운 사람이다. '우역(禹域)'은 좁게는 저장성(浙江省) 넓게는 중국 전역을 가리킨다. 저장성 사오싱(紹興)에 우(禹) 임금의 무덤인 대우릉(大禹陵)이 있다. '비장(飛將)'은 한(漢) 나라 무제(武帝) 때의 용장 이광(李廣)을 가리키는 말이었으나 흔히 날쌔고 뛰어난 장수를 가리키는 말로 쓰인다. 여기에서는 당시 이익에 따라 이합집산하던 군벌들 또는 거기에 아부하기를 일삼는 정객들을 비유한다.

2) 와려잉일민(蝸廬剩逸民) : '와려(蝸廬)'는 달팽이 집이라는 뜻인데, 흔히 좁고 누추한 거처를 이를 때 쓰인다. 여기에서는 루쉰이 숨어 지내던 상하이의 좁은 골방을 가리킨다. '일민(逸民)'은 은일자(隱逸者) 즉 세상을 피해 은거해서 사는 사람이다. 루쉰 자신을 비유한다.

3) 담저영(潭底影) : 연못 속의 그림자. 아무도 함께 해주는 사람이 없는 외
   로운 루쉰 자신의 신세를 비유한다. 가도(賈島), 「송원가상인(送元可上人)」
   : "연못 속의 그림자 혼자서 가다, 나무 곁에 몸 기대고 자주 쉰다네(獨
   行潭底影, 數息樹邊身)."

4) 현주송황인(玄酒頌皇仁) : '현주(玄酒)'는 물이다. 『예기(禮記) · 예운(禮運)』
   : "신령의 명칭을 정하고, 현주(玄酒: 물)로써 제사를 지낸다(作其祝號, 玄
   酒以祭)." 중국 고대에 술이 없을 때 물로써 제사를 지냈다고 한다. 그
   러나 여기에서는 루쉰을 포함한 진보적 문인들이 대대적인 탄압을 받
   아 생활이 매우 곤궁함을 비유한다. 또한 적절한 예(例)는 아닐지 모르
   지만 한국어의 '물 멕이다.' 또는 '찬 물 먹고 정신 차려라.'는 말이 연
   상된다. '송황인(頌皇仁)'은 황제의 어진 덕을 칭송한다는 말이다. '황인
   (皇仁)'은 장제스(蔣介石)를 비유한다. 제사지내는 현주(玄酒)로 장제스를
   칭송한다는 말은 장제스를 죽은 귀신으로 취급하는 매우 풍자적인 표
   현이다.

# 딩링을 애도하며

돌덩이 같은 밤기운이 층층 건물 누르는 때

봄바람에 버들 잎 돋아도 스산한 가을 같다

큰 거문고에 먼지 쌓이고 맑은 소리 끊어져서

높은 언덕 밝게 빛낼 여인 없어 안타까워라

● 해설

이 시는 1933년 6월 28일 위다푸의 요청으로 저우타오쉔(周陶軒: 1903 – 1967)에게 써준 것이다. 저우타오쉔은 바로 앞에서 설명한 황핑쑨(黃萍蓀)의 표형(表兄)으로 항저우(杭州)에 한거(閑居)하고 있었다. 당시 좌련(左聯)의 여성 작가 딩링(丁玲)이 국민당 특무 기관에 체포되어 처형되었다는 소문이 나돌자 루쉰이 이 시를 지어 국민당의 무자비한 암살을 비난하며 딩링을 애도하였다. 또한 루쉰은 이 시를 1933년 9월 21일 차오쥐런(曹聚仁)에게도 부쳐주었으며, 9월 30일에 간행된 『도성(濤聲)』 주간 제2권 제38기에도 이 시를 발표하였다.[1]

---

1) 장쯔창(張自强), 『루쉰선생시소증(魯迅先生詩疏證)』(成都: 四川文藝出版社, 1992), 337면.

# 悼丁君[1]

如磐夜氣壓重樓,

剪柳春風導九秋.[2]

瑤瑟凝塵淸怨絶,

可憐無女耀高丘.[3]

## ◎ 미주

1) 딩군(丁君) : 딩링(丁玲: 1904－1986)이다. 중국 현대문학을 대표하는 여성 작가 중의 한 사람이다. 후난성(湖南省) 린리(臨澧) 출신으로 본명은 장웨이(蔣煒)이다. 1928년 상하이(上海)에서 「소피아여사의 일기(莎菲女士的日記)」를 발표하여 문단의 주목을 받았으며, 이어서 1930년 「위호(韋護)」를 발표하여 진보 진영의 칭송을 얻었다. 1931년 2월 7일 좌련 5열사의 한 사람인 남편 후예핀(胡也頻)이 암살당한 후 반국민당 투쟁의 선봉에서 활동하다가 1933년 국민당 정보 기관에 체포되어 난징(南京)에서 3년 동안 억류 생활을 하였다. 1936년 난징을 탈출하여 그 해 10월 공산당 산베이(陝北) 근거지에 도착하였다. 1951년 그녀의 소설 「태양은 쌍간하에 비친다(太陽照在桑乾河上)」가 스탈린문예상 2등상을 획득하여 중국을 대표하는 여성 작가가 되었다. 이후 1957년부터 시작된 딩링(丁玲)·천치사(陳企霞) 반당집단의 우두머리로 지목되어 엄청난 박해

를 받았으며, 1966년부터 시작된 문화대혁명 기간에는 1933년 국민당
에 체포되었다가 탈출한 경위가 석연치 않다고 하여 국민당 스파이로
몰려 강제노역에 처해졌다. 1976년 문화대혁명이 끝난 후 복권되어 중
국 문단을 이끌다가 1986년 병사하였다.

2) 전류(剪柳) : 마치 재봉 가위로 예쁘게 재단해내는 것처럼 버들 잎이 돋
아나온다는 뜻이다. 하지장(賀知章), 「영류(詠柳)」: "가는 잎을 그 누가
재단했는지 몰라도, 2월의 봄바람이 재단 가위와 같네(不知細葉誰裁出,
二月春風似剪刀)."

3) 무녀요고구(無女耀高丘) : '고구(高丘)'는 초(楚) 지방 즉 창사(長沙)를 포함
한 후난성(湖南省) 일대를 가리킨다. 굴원(屈原), 「이소(離騷)」: "문득 뒤
돌아보며 눈물 흘리니, 높은 언덕에 고운 여인 없음이 애달프네(忽反顧
以流涕兮, 哀高丘之無女)." 굴원은 항상 고구(高丘)로 고국인 초(楚) 나라를
상징하였고, 고운 여인으로는 현인(賢人)을 비유하였다. 딩링(丁玲)이 후
난성(湖南省) 출신이므로 이렇게 비유하였다.

# 다른 사람에게 주는 시[2수]

1.

맑은 눈의 월(越) 나라 여인 새벽 단장 끝낸 이곳

물에는 마름 자라고 바람 속에 연꽃 핀 고장

신곡이 다 끝나도록 임께서는 보지도 않고

가뭄 속 노을 화염처럼 맑은 강을 덮쳐온다


2.

진(秦) 나라 여인 단아하게 옥쟁(玉箏)을 연주하자

잔잔한 밤바람에도 들보 위 티끌 흩날린다

한 순간 급한 소리에 하얀 줄이 끊어지고

소리내며 치달리는 별똥별만 바라보인다

　　장쯔창(張自强)의 고증에 의하면 본래 이 두 수의 시는 취츄바이(瞿秋白)
에게 증정한 것인데, 1933년 7월 21일 일본인 모리모토 세이하치(森本淸八)
에게 다시 써주었다고 한다.[1] 모리모토는 당시 일본 주우생명보험공사(日
本住友生命保險公司)의 상하이(上海) 분점 주임으로 근무하고 있었다. 혼란한
현실에서 어쩔 수 없이 고향을 떠나 생계를 위해 유곽에서 가무(歌舞) 활동
을 하던 여인들의 애환을 읊은 시이다. 장쯔창은 「월녀(越女)」 시는 루쉰
자신의 심정을 묘사하였고, 「진녀(秦女)」 시는 딩링(丁玲)을 묘사하였다고
하였으나, 지나친 고증에 의한 억측으로 보인다. 루쉰은 저장성(浙江省) 사
오싱(紹興) 출신이므로 '월녀(越女)'로 비유할 수도 있겠지만, 딩링은 후난성
(湖南省) 출신이므로 '진녀(秦女)'로 비유하기는 어렵다.

---

1) 장쯔창(張自强), 『루쉰선생시소증(魯迅先生詩疏證)』(成都: 四川文藝出版社, 1992),
　　359~364면.

# 贈人二首

明眸越女罷晨裝,

荇水荷風是舊鄉.

唱盡新詞歡不見,[1]

旱雲如火撲晴江.[2]


秦女端容理玉箏,

梁塵踊躍夜風輕.[3]

須臾響急氷弦絶,[4]

但見奔星勁有聲.[5]


◎ 미주

1) 창진신사환불견(唱盡新詞歡不見) : 당(唐) 나라 유우석(劉禹錫)의 시구를 패러디한 것이다. 「답가사(踏歌詞)」 기일(其一) : "봄 강에 달이 뜨니 큰 제방도 평평한데, 제방 위 아가씨들 손잡고 산보하네. 신곡을 다 불러도 임께서는 보지 않고, 붉은 노을 나무에 비쳐 자고새가 울어대네(春江月出大堤平, 堤上女郎連袂行. 唱盡新詞歡不見, 紅霞映樹鷓鴣鳴)." '환(歡)'은 육조(六

朝) 시대 강남의 민요 오곡(吳曲)에서 사랑하는 사람을 가리키는 말이다.

2) 한운여화박청강(旱雲如火撲晴江) : 오랜 가뭄이 계속 되었지만 여전히 비를 품지 않은 구름이 아침 노을을 화염처럼 붉게 만들고 있다는 의미. 당시 중국 민중들에게 끊임없이 가해지던 가혹한 박해를 비유한다.

3) 양진용약(梁塵踊躍) : 『태평어람(太平御覽)』 572 인용, 유향(劉向), 「별록(別錄)」 : "한(漢) 나라가 흥기한 이래 노래를 잘 하는 사람 중에 노(魯)의 우공(虞公)이란 사람이 있었는데, 발성이 맑고 애잔하여 대들보 위의 티끌도 날릴 정도였다(漢興以來, 善歌者魯人虞公, 發聲淸哀, 蓋動梁塵)."

4) 수유향급빙현절(須臾響急氷弦絶) : '빙현(氷弦)'은 얼음처럼 깨끗하고 새하얀 현(弦)이다. 순식간에 현악기의 소리가 급해지며 줄이 끊어졌다는 말은 연주하는 여인의 비분(悲憤)이 극에 달했음을 비유한다.

5) 분성경유성(奔星勁有聲) : '분성(奔星)'은 유성(流星)이다. 유성(流星) 중에서 큰 것을 분성(奔星)이라고 하는데 우르릉 소리가 울리는 것은 하늘이 노한 모습이라고 한다(『진서(晉書) · 천문지(天文志)』).

# 무제

청아한 꽃 한 가지로 상수(湘水) 여신의 평안 빌고
넓게 자란 난초 향은 홀로 깬 사람 위로한다
어쩔 수 없이 저들이 쑥덤불을 날려 보내나
유배객 된 몸으로도 짙은 향기 퍼뜨린다

● 해설

이 시는 1933년 11월 27일 일본인 츠치야 분메이(土屋文明: 1890-1990)에게 써준 것이다. 츠치야는 일본의 유명한 와카(和歌) 작가로 앞에 나온 야마모토 하츠에(山本初枝)의 스승이다. 일본 잡지 『주부지우(主婦之友)』의 기자로 상하이로 와서 루쉰과 교분을 맺게 된 야마모토가 자기 스승의 부탁으로 루쉰에게 서예 작품을 부탁하게 되었고, 이에 루쉰이 이 시를 써서 야마모토를 통해 츠치야에게 전달한 것이다.1) 중국 전국시대 초(楚) 나라 충신 굴원(屈原)이 간신배들에게 쫓겨나 울분 끝에 자살한 모티브를 활용하여, 루쉰 당시의 핍박받던 문인들의 처지를 비유하고 있다.

---

1) 장쯔창(張自强), 『루쉰선생시소증(魯迅先生詩疏證)』(成都: 四川文藝出版社, 1992), 365면.

# 無題

一枝淸釆奼湘靈,[1]

九畹貞風慰獨醒.[2]

無奈終輸蕭艾密,[3]

却成遷客播芳馨.[4]

## ◎ 미주

1) 일지청채타상령(一枝淸釆奼湘靈) : '청채(淸釆)'는 맑고 우아한 꽃. '타(奼)'는 제사를 지내며 신령을 위로하다. '상령(湘靈)'은 상수(湘水)의 여신. 중국 전설에 의하면 순(舜) 임금의 부인 아황(娥皇)과 여영(女英)이, 순(舜) 임금이 죽자 슬픔을 이기지 못하고 상수(湘水)에 투신하여 여신이 되었다고 한다. 간신들에 의해 추방된 굴원(屈原)이 아무 가진 것이 없어서 청아한 꽃으로 상수의 여신에게 제사를 올리며 마음을 위로받고자 하는 것이다. 당시 탄압받던 진보 문인들의 심정과 처지를 굴원의 입장으로 비유한 것이다.

2) 구원정풍위독성(九畹貞風慰獨醒) : '구원(九畹)'은 넓은 땅이다. '일원(一畹)'은 '12무(畝)'라고도 하고 '30무(畝)'라고도 한다. 사방 여섯 재[尺]가 '일보(一步)'이고, 600보(步)가 '일무(一畝)'임. 『초사(楚辭)·이소(離騷)』 : "내 이미 난초를 9원(畹)의 땅에 심었고, 혜초(蕙草)를 백무(百畝)의 땅에

심었다(余旣滋蘭之九畹兮, 又樹蕙之百畝)." '정풍(貞風)'은 난초에서 발산되
어 나오는 정결한 향기이다. '독성(獨醒)'은 혼탁한 세상에서 홀로 깨어
있는 사람. 『초사(楚辭)·어부사(漁父辭)』: "온 세상이 혼탁해도 나 혼자
만 맑고, 뭇 사람이 다 취해도 나 혼자만 깨어 있다(擧世皆濁我獨淸, 衆人
皆醉我獨醒)."

3) 소애(蕭艾) : 헝클어지고 악취가 나는 쑥덤불이다. 소인배들의 졸작(拙
作)·험담을 비유한다. 『초사(楚辭)·이소(離騷)』: "어찌하여 옛날에는
향기롭던 풀이, 오늘날에 이르러 이같은 쑥덤불이 되었는가?(何昔日之
芳草兮, 今直爲此蕭艾也?)"

4) 천객(遷客) : 유배객. 곧은 마음으로 충성을 다하다가 간신배들의 모함
을 쫓겨난 굴원(屈原)이다. 지명 수배를 받던 당시 진보 문인들을 비유
한다.

# 무제

안개속에서 사는 삶이 일상사 되어

황폐한 마을의 낚시꾼이다

깊은 밤 취해 자다 일어나 봐도

줄풀과 부들도 찾을 수 없다

○ 해설

이 시는 1933년 12월 30일 황전츄(黃振球: 1911–1980)에게 써준 것이다. 황전츄는 여성 작가로 필명이 어우차(歐査)이다. 일본 유학 후 좌련(左聯)에 가입하였으며 『현대부녀(現代婦女)』 잡지의 편집을 담당하였다. 위다푸(郁達夫)의 소개로 루쉰과 알게 되었고, 12월 27일 루쉰에게 편지를 보내 시와 글씨를 부탁하였다.[1] 지명 수배의 몸으로 숨어 살던 루쉰 자신과 진보 문인들의 고단한 삶을 묘사하였다.

---

1) 장쯔창(張自强), 『루쉰선생시소증(魯迅先生詩疏證)』(成都: 四川文藝出版社, 1992), 373면.

# 無題

烟水尋常事,

荒村一釣徒.

深宵沉醉起,

無處覓菰蒲.[1]

◎ 미주

1) 고포(菰蒲) : '고(菰)'는 벼과에 속하는 다년생 수초(水草)인 '줄'이다. 열매는 '고미(菰米)'라고 하여 여행객이나 가난한 사람들의 양식으로 쓰인다. '포(蒲)'는 다년생 수초인 '부들'이다. 줄기와 잎으로 자리를 만든다. '줄과 부들'도 찾을 수 없다는 것은 천하가 궁핍하여 양식 대용인 '줄'과 주거 대용인 '부들 자리'조차 마련할 수 없다는 뜻이다. 최소한의 의식주도 찾을 수 없고 목숨조차 보장받지 못하던 당시 지명 수배자들의 지난한 삶을 가리킨다.

# 위다푸의 항저우 이사를 말리며

전왕(錢王)은 죽었어도 폭정은 여전하다

오자서(伍子胥)는 물결에 흘러가 자취를 찾을 수 없다

평평한 수풀 화창한데 맹금류들 가증스럽고

작은 산에 가득한 향기 높은 산에 가리웠다

악비(岳飛) 장군 무덤은 쓸쓸하게 퇴락했고

임포(林逋) 처사 매화와 학도 서글프고 처량하다

어찌하여 온 가족이 먼 곳으로 떠나는가?

세찬 풍파 몰아치면 시 읊기도 좋은 것을

○ 해설

이 시는 1933년 12월 30일 위다푸(郁達夫: 1896 - 1945)·왕잉사(王映霞: 1907 -?) 부부에게 써준 것이다. 1934년 7월 20일 『인간세(人間世)』 제8기에 발표되었다. 위다푸 부부가 상하이(上海)를 떠나 항저우(杭州)로 이사하려 하자, 루쉰이 이를 말리며 상하이에 남아 시대의 조류에 뒤떨어지지 말도록 권유한 내용이다. 그러나 위다푸는 항저우로 이사를 강행하였고, 이후 암살될 때까지 매우 불행한 삶을 살았다.

# 阻郁達夫移家杭州[1]

錢王登假仍如在,[2]

伍相隨波不可尋.[3]

平楚日和憎健翮,[4]

小山香滿蔽高岑.[5]

墳壇冷落將軍岳,[6]

梅鶴凄凉處士林.[7]

何似擧家游曠遠,

風波浩蕩足行吟.[8]

◎ 미주

1) 위다푸(郁達夫) : 저장성(浙江省) 푸양(富陽) 사람으로 본명은 위원(郁文)이다. 일본에 유학하여 니혼제국대학(日本帝國大學) 경제학과를 졸업하였다. 1921년 귀모뤄(郭沫若) · 청팡우(成仿吾) 등과 낭만주의 문학단체 창조사(創造社)를 조직하여 문학 청년들의 열렬한 환영을 받았다. 그의 대표작 「타락(沈淪)」은 일본 유학생의 성적(性的) 고민과 방황을 그린 소설로 발표 후 음란물 논쟁에 휩싸이기도 하였다. 1923년 베이징대학

(北京大學) 교수로 재직할 때 루쉰(魯迅)과 교분을 쌓기 시작하여, 1927년 여름 상하이로 와서는 루쉰과 함께 자유운동대동맹, 좌익작가연맹, 민권보장동맹에 가입하여 당국의 탄압에 맞서 싸웠다. 당시 문단의 재원(才媛) 왕잉샤(王映霞)와의 사랑과 결혼은 세상을 떠들썩하게 하였다. 결혼 후 항저우(杭州)로 집을 옮겨 살다가 저장성(浙江省) 교육청장(敎育廳長) 쉬사오디(許紹棣)와 삼각 관계가 발생하여 1940년 왕잉샤와 정식으로 이혼하였다. 이후 불행하게 살다가 인도네시아 수마트라 섬으로 이주하였고, 1945년 그곳 일본 헌병에 의해 암살되었다.

2) 전왕등하잉여재(錢王登假仍如在) : '전왕(錢王)'은 중국 오대(五代) 시기 오월국(吳越國) 임금 전류(錢鏐)이다. '등하(登假)'는 '등하(登遐)'로도 쓰며 '승하(昇遐)'와 같다. 임금이 죽는 것을 승하(昇遐)라고 한다. 옛 봉건 군주 전류(錢鏐)는 죽었지만 항저우에는 여전히 국민당의 폭압 통치가 행해지고 있다는 뜻이다.

3) 오상수파불가심(伍相隨波不可尋) : '오상(伍相)'는 중국 춘추시대 오(吳) 나라 재상 오자서(伍子胥)이다. 오자서는 본래 초(楚)나라 사람이었으나 초(楚) 평왕(平王)이 간신의 모함을 믿고 그의 부형(父兄)을 죽이자 원수를 갚기 위해서 오(吳) 나라로 망명하였다. 오왕(吳王) 합려(闔閭)와 부차(夫差)를 도와 초(楚) 나라와 월(越) 나라를 패배시키고 오(吳) 나라를 천하의 패자(覇者)가 되게 하였다. 그러나 오왕 부차가 월(越) 나라의 미인계에 빠져 정사를 소홀히 하고 제(齊) 나라와의 패권 경쟁에 전념하자, 오자서는 이를 경계하는 간언을 여러 차례 올렸으나 받아들여지지 않았고, 이후 간신들의 모함과 오왕 부차의 미움을 사서 자결을 명받고 죽었다. 죽은 후 그의 시신은 가죽 자루에 넣어져서 장강(長江)에 버려졌다고 한다. 위다푸가 올바른 언행으로 살아가더라도 결국 오자서처럼 불행하게 될 것이라는 암시이다.

4) 평초일화증건핵(平楚日和憎健翮) : '평초(平楚)'는 드넓은 관목 숲이다. 항저우(杭州) 서호(西湖) 부근의 풍경이다. '일화(日和)'는 화창한 날씨이다. '건핵(健翮)'은 맹금류이다. 포악한 통치자를 비유한다.

5) 소산향만폐고잠(小山香滿蔽高岑) : '소산(小山)'은 항저우(杭州) 서호(西湖) 부근의 낮은 야산이다. 위다푸의 가정을 비유한다. '고잠(高岑)'은 포악한 권력자를 비유한다.

6) 장군악(將軍岳) : 남송(南宋) 때 북방의 금(金) 나라에 끝까지 대항한 명장 악비(岳飛)이다. 한때 금(金) 나라와 싸워 황하(黃河) 이남의 땅을 수복하기도 하였으나 결국 간신 진회(秦檜)의 모함으로 교살되었다. 효종(孝宗) 때 신원이 되어 충무(忠武)라는 시호를 받았다. 항저우(抗州) 서호(西湖) 가에 그의 무덤이 있다.

7) 매학처량처사림(梅鶴凄凉處士林) : 북송(北宋) 사람 임포(林逋)는 자(字)가 군복(君復)으로 전당(錢塘: 杭州) 사람이다. 평생 벼슬을 하지 않고 항저우(杭州) 서호(西湖) 고산(孤山)에 은거하여 매화와 학을 기르며 살았다. 유명한 '매처학자(梅妻鶴子)'란 고사가 여기에서 생겨났다. 시호는 화정 선생(和靖先生)이다. 항저우에서는 악비(岳飛)처럼 올곧게 살아도 결국 해를 당하고 임포처럼 은거해서 살아도 알아주는 사람이 없을 것이라는 의미이다.

8) 풍파호탕족행음(風波浩蕩足行吟) : 풍파가 세차게 몰아칠수록 행동하며 시를 읊어야 한다는 뜻이다.

# 내가 뇌염에 걸렸다는 보도를 접하고 장난삼아 짓다

치뜬 눈길이 어떻게 고운 눈길을 빼앗겠나?

그런데도 뜻밖에 그대 여인들의 마음을 어겼다니

나에 대한 저주를 이제는 수법을 달리해도

여전히 얼음 같은 나의 머리만 못하리라

## 해설

이 시는 1934년 3월 16일 타이징눙(臺靜農: 1903-1990)에게 써준 것이다. 이 해 3월 10일 톈진(天津)의 『대공보(大公報)』「문화정보(文化情報)」 코너에 루쉰이 심각한 뇌염에 걸려 10년 동안 두뇌 활동을 할 수 없다는 거짓 기사가 실렸다. 루쉰은 이 소식을 듣고 베이징(北京)에 거주하고 있던 미명사(未名社) 동인 타이징눙에게 이 시를 부쳐주었고, 동시에 어머니가 걱정하실까 염려하여 안부 인사를 여쭙는 편지를 함께 보냈다.[1] 자신은 직간을 서슴지 않는 성난 눈길의 신하로, 자신을 헐뜯는 사람들은 임금에게 아부를 일삼는 궁녀들로 비유하였다.

---

1) 장쯔창(張自强), 『루쉰선생시소증(魯迅先生詩疏證)』(成都: 四川文藝出版社, 1992), 394면.

# 報載患腦炎戲作

橫眉豈奪蛾眉冶,[1]

不料仍違衆女心.[2]

詛呪而今翻異樣,[3]

無如臣腦故如水.[4]

◉ 미주
---

1) 횡미기탈아미야(橫眉豈奪蛾眉冶) : 나는 항상 미간을 찌푸리고 성난 모습으로 살기 때문에 가는 눈썹을 곱게 단장한 그대 어여쁜 궁녀들의 은총을 임금님에게서 빼앗을 수 없다는 뜻이다. 루쉰 자신은 권력자에게 아부하여 부귀영화를 누릴 생각이 없으니 알랑방귀나 뀌는 그대들이나 아첨하여 부귀영화를 누리라는 것이다. 매우 희화적이고 풍자적인 시구이다.

2) 불료잉위중녀심(不料仍違衆女心) : 어여쁜 궁녀[아첨꾼]들의 시기를 받게 될 줄 생각지도 못했다는 의미이다. 미간을 찌푸린 사람과 눈썹을 곱게 단장한 여인은 임금의 총애를 받을 때 경쟁 상대가 되지 않는데 왜 시기와 질투를 보내냐는 것이다. 역시 반어적인 어투이다.

3) 저주이금번이양(詛呪而今翻異樣) : 나를 저주함에 있어서 이제 그 방법을 달리하여 내가 뇌염에 걸렸다는 거짓 보도를 내고 있지만 아무 소용

이 없다는 뜻이다.

4) 무여신뇌고여빙(無如臣腦故如氷) : 루쉰 스스로 신(臣)이라고 칭하며 희화
  적인 어감을 강화하고 있다. 루쉰이 뇌염에 걸려서 두뇌활동을 하지
  못한다는 거짓 보도가 나갔지만, 오히려 자신의 머리는 얼음같이 차갑
  고 맑음을 강조하고 있다.

# 무제

온 사람들 검은 얼굴로 쑥덤불에 묻혀 사니

어찌 감히 슬픈 노래로 대지를 흔들 수 있나?

마음은 드넓게 우주와 이어져 있어

소리 없는 곳에서 우레 소리 듣는다

◎ 해설

이 시는 1934년 5월 30일 일본인 니이 이타루(新居格: 1888-1951)에 써준 것이다. 니이 이타루는 일본 작가이며 문예평론가이다. 토쿄대학(東京大學) 정치학과를 졸업하고 『요미우리 신문(讀賣新聞)』과 『아사히 신문(朝日新聞)』의 기자를 역임하였다. 1934년 중국 여행 도중 상하이(上海)에서 루쉰과 알게 되어 이 시를 받았다.1) "마음은 드넓게 우주와 이어져 있어, 소리 없는 곳에서 우레 소리 듣는다(心事浩茫連廣宇, 于無聲處聽驚雷)"는 구절은 루쉰의 광대하고 굳건한 기상을 잘 나타내는 시구로 유명하다.

---

1) 장쯔창(張自强), 『루쉰선생시소증(魯迅先生詩疏證)』(成都: 四川文藝出版社, 1992), 398면.

# 無題

萬家墨面沒蒿萊,[1)]

敢有歌吟動地哀.

心事浩茫連廣宇,

於無聲處聽驚雷.[2)]

◎ 미주

1) 묵면몰호래(墨面沒蒿萊) : '묵면(墨面)'은 고통·굶주림·근심 등으로 얼굴이 검고 야윈 모습이다. '몰(沒)'은 묻혀 살다. '호래(蒿萊)'는 쑥덤불 등 잡초가 우거져 황폐한 들판이다. 어둡고 혼란한 중국 현실을 비유한다.

2) 어무성처청경뢰(於無聲處聽驚雷) : 『장자(莊子)·천지(天地)』: "어두운 곳에서도 (사물을) 보고, 소리없는 곳에서도 (소리를) 듣는다(視乎冥冥, 聽乎無聲)." 화산 폭발의 전야를 연상하게 한다. 적막을 깨뜨리려는 루쉰의 갈망이다.

# 가을밤의 감상

고운 비단 막후에서 귀한 세월 허비하며

도살장 옆에다 사찰을 짓는다

두견새는 마침내 방초(芳草)를 시들게 하고

가시풀은 애로라지 넓은 토지를 황폐하게 한다

어디에서 유즙과 과일을 얻어 천불(千佛) 앞에 바칠 수 있나?

양재사(楊再思) 같은 아첨꾼은 만나기도 어려울 터

한 밤중 닭이 울고 비바람 몰아칠 때

일어나서 담뱃불 붙이니 상쾌함이 밀려온다

◎ 해설

이 시는 1934년 9월 29일 장쯔성(張梓生: 1892–1967)에게 써준 것이다. 장쯔성은 루쉰과 동향(同鄕)인 저장성(浙江省) 사오싱(紹興) 사람으로 어릴 때부터 루쉰 집안 사람들과 접촉하였으며 루쉰에게는 항상 제자의 예로써 존경을 다하였다. 1919년 루쉰 집안 사람들이 베이징(北京)으로 이사갈 때, 책 네 상자를 장쯔성에게 맡겼는데, 장쯔성은 이 책을 1949년 중화인민공화국 성립 때까지 30년간 소중하게 보관하였다. 루쉰의 막내 동생 저우젠런

(周建人: 1888-1984)과는 밍다오 여학교(明道女校), 상하이 상무인서관(上海商務印書館)에서 오랫동안 동료로 일하며 막역하게 지냈다. 1932년부터 상하이(上海) 『신보(申報)』 부간 『자유담(自由談)』의 편집을 맡아 자주 루쉰의 원고를 싣다가 상부의 압력으로 『신보(申報)』를 떠났다. 『루쉰일기(魯迅日記)』 1934년 9월 17일 기록에 의하면, 장쯔성은 저우젠런 부부와 함께 루쉰의 집에서 저녁 식사를 함께 하였고, 이 때 시 한 폭을 써줄 것을 요청했다고 한다. 이에 9월 29일에 시를 써서 저우젠런 편에 장쯔성에게 전달하였다.[1] 당시 국민당 정부의 이중적이고 기만적인 행태를 풍자하고 있다.

---

1) 장쯔창(張自强), 『루쉰선생시소증(魯迅先生詩疏證)』(成都: 四川文藝出版社, 1992), 403~404면.

# 秋夜有感

綺羅幕後送飛光,[1]

柏栗叢邊作道場.[2]

望帝終敎芳草變,[3]

迷陽聊飾大田荒.[4]

何來酪果供千佛,[5]

難得蓮花似六郎.[6]

中夜鷄鳴風雨集,[7]

起然烟卷覺新凉.[8]

◎ 미주

1) 비광(飛光) : 나는 듯이 흘러가는 세월이다.

2) 백율총(柏栗) : '백(柏)'은 잣나무인데, 잎의 겉면이 흰색을 띠기 때문에 음양오행설에 의하여 서쪽을 관장하는 나무라고 한다. 서쪽은 음기(陰氣)가 성하므로 나라의 감옥이나 형장은 주로 서쪽에 지었다. '율(栗)'은 밤나무인데, '전율(戰慄)'의 의미를 가지므로 주(周) 나라 때는 감옥이나 형장에 밤나무[栗]를 심었다. 따라서 '백율(柏栗)'은 감옥이나 형장

을 가리킨다. 『논어(論語)·팔일(八佾)』: "애공(哀公)이 재아(宰我)에게 사(社)에 대해 물었다 재아가 다음과 같이 대답하였다. '하후씨(夏后氏)는 소나무를 심었고, 은(殷) 나라 사람들은 잣나무를 심었고, 주(周) 나라 사람들은 밤나무를 심었는데, 이는 백성들로 하여금 두려워 떨게 하려는 것입니다.'(哀公問社於宰我, 宰我對曰, '夏后氏以松, 殷人以柏, 周人以栗, 曰使民戰栗.')" '사(社)'는 토지신을 모시는 곳인데, 이곳에서 범죄자를 처형하는 일도 있었다고 한다. 당시 국민당 정권이 독재적이고 불법적인 철권 통치로 수많은 사람을 비밀리에 암살하면서도, 중국 민족의 조상이나 공자(孔子)나 석가(釋迦) 같은 성인은 존중하며 제사지내는 것은 이율배반적인 기만행위라는 것이다. 『화변문학(花邊文學)·법회와 가극(法會與歌劇)』참조.

3) 망제종교방초변(望帝終敎芳草變): '망제(望帝)'는 두견(杜鵑)이다. 자규(子規)·불여귀(不如歸)·촉혼(蜀魂)·원조(怨鳥) 등으로도 불린다. 『화양국지(華陽國志)·촉지(蜀志)』권3에 의하면, 중국 전국시대 촉(蜀) 지방의 임금이었던 망제(望帝) 두우(杜宇)가 신하인 별령(鼈靈)에게 쫓겨나 고국인 촉(蜀) 땅으로 돌아가지 못하고 타향에서 원통하게 죽어서 두견새가 되었다고 한다. 그 원한으로 두견새가 울면 방초가 시든다고 한다.

4) 마양(迷陽): '미(迷)'는 '마(麻)'로 읽어야 한다. '마양(迷陽)'은 가시밭이다. 『장자(莊子)·인간세(人間世)』: "가시밭이여, 가시밭이여, 내 갈길을 막지 말라(迷陽迷陽, 無傷吾行)."

5) 하래락과공천불(何來酪果供千佛): '낙과(酪果)'는 소나 말 또는 양의 젖으로 만든 유즙과 농촌에서 재배한 과일이다. 당시 정치가 잘못되어 목축업이나 농업이 온통 피폐해져 유즙이나 과일을 제대로 생산해내지 못한다는 뜻이다. '천불(千佛)'은 군벌들이 떠받드는 부처나 스님들인데, 여기에서는 그들 악질 군벌, 부패한 관료, 떠돌이 정객, 악독한 헌병과 경찰, 무자비한 특무와 정보원 등을 비유한다. 피폐된 농촌의 부족한 생산물로 어떻게 이들 수많은 권력자를 먹여 살릴 수 있겠느냐? 라고 반문하는 것이다.

6) 난득연화사육랑(難得蓮花似六郎) :『신당서(新唐書)·양재사전(楊再思傳)』에 의하면 칙천무후(則天武后)의 재상 양재사(楊再思)는 칙천무후의 비위를 맞추며 아첨하는데 당할 사람이 없었고, 또 당시 장창종(張昌宗) 형제도 아무 재주 없이 뛰어난 용모와 달콤한 아첨으로 칙천무후의 사랑을 독차지하였다. 이에 조정에서는 장창종 형제처럼 칙천무후의 은총을 받는 사람은 관직을 부르지 않고 형제 항렬에 따라 오랑(五郎) 또는 육랑(六郎)이라고 불렀다. 이 때 장창종의 형 장역지(張易之)는 오랑(五郎)으로 또 장창종은 육랑(六郎)으로 불렸다. 여기에 한 술 더 떠서 재상 양재사는 항상 칙천무후에게 이렇게 말하였다. "사람들은 육랑(六郎)이 연꽃 같다고 하지만 이것은 틀린 말입니다. 연꽃이 육랑같다고 말해야 합니다(人言六郎似蓮花, 非也. 正謂蓮花似六郎耳)." 그 후안무치한 아부가 이와 같았던 것이다. 여기에서도 출세와 명예를 위해 끝없이 아첨을 일삼는 인간들을 지칭한다.

7) 중야계명풍우집(中夜鷄鳴風雨集) : 그러나 폭풍우 치는 한밤중에도 새 날을 알려주는 닭은 우는 것이다.

8) 기연연권각신량(起然烟卷覺新凉) : 새날을 맞는 새로운 각오이다.

# 『개자원화보』 3집에 시를 써서 쉬광핑에게 주다

십 년 동안 손을 잡고 고난을 함께 하며

서로 돕고 의지해도 슬픔의 세월이었네

잠시나마 그림 보며 피로한 눈에 기쁨 일고

이 가운데 단맛 쓴맛 우리 둘은 알고 있네

● 해설

이 시는 1934년 12월 9일 『개자원화보(芥子園畵譜)』 3집 첫째 권 속표지에 쓴 시이다. 루쉰이 아내 쉬광핑(許廣平)에게 증정하였다. 1964년 10월 쉬광핑이 장서를 정리하다 우연히 새로 발견하고 이에 대한 설명을 덧붙여서 보관하였다. 그러다가 1968년 쉬광핑이 세상을 떠난 후 장서를 정리하는 과정에서 다시 발견되어 1968년 베이징대학(北京大學) 『문화비판(文化批判)』 제2기에 처음으로 발표되었다. 『개자원화보(芥子園畵譜)』는 청초(淸初) 왕개(王槪)·왕시(王蓍)·왕얼(王臬) 형제가 편찬한 화보이다. 총 3집으로 되어 있는데, 1집은 산수화류, 2집은 사군자류, 3집은 화훼초충류로 되어 있다. 이어(李漁)의 별장 '개자원(芥子園)'에서 판각하였으므로 이러한 명칭이 붙었다.[1] 환란의 시기를 함께 보낸 부부의 은근한 사랑을 느낄 수 있는 명편이다.

---

1) 거신(葛新), 『루쉰시가역주(魯迅詩歌譯注)』(上海: 學林出版社, 1993), 211면.

# 題『芥子園畵譜』三集, 贈許廣平

十年携手共艱危,[1]

以沫相濡亦可哀.[2]

聊借畵圖怡倦眼,

此中甘苦兩相知.

◎ 미주

1) 십년휴수(十年携手) : 1925년 베이징여사대(北京女師大) 학생이던 쉬광핑 (許廣平)이 선생이던 루쉰(魯迅)에게 편지를 보내 교류를 시작한 이후 1934년까지 10년이 흘렀다.

2) 이말상유(以沫相濡) :『장자(莊子)·대종사(大宗師)』: "샘물이 마르면, 물 고기들은 땅 위에서 서로 함께 하게 되는데, 입으로 습기를 서로 불어 주고, 작은 물거품으로 서로 몸을 적셔준다(泉涸, 魚相與處于陸, 相呴以濕, 相濡以沫)." 따라서 '이말상유(以沫相濡)'는 고난 속에서 서로 의지하며 돕고 위로하는 것을 말한다.

# 을해년 늦가을 우연히 쓰다

싸늘한 가을이 천하에 덮여 마음조차 으스스한데

봄날의 온기를 어찌 감히 붓 끝에 올리랴?

먼지 바다 창망한 곳 만감이 가라 앉고

가을 바람 소슬한 때 백관들은 도망간다

늙은 몸 강호로 오니 줄풀과 부들도 사라졌고

구름위에서 추락하는 꿈 이빨과 머리칼이 시리다

한 밤중 정적 속에 닭울음 소리 귀 기울이며

북두성이 기우는 걸 몸을 일으켜 바라본다

◎ 해설

이 시는 1935년 12월 5일 루쉰이 문경지우(刎頸之友) 쉬서우창(許壽裳)¹⁾에

---

1) 쉬서우창(許壽裳: 1883 – 1948) : 자(字)는 지푸(季市)이고 호(號)는 상쑤이(上邃)
   로 저장성(浙江省) 사오싱(紹興) 사람이다. 루쉰과 동향으로 일본 유학 생활을
   함께 하였고 함께 귀국하여 저장양급사범학당(浙江兩級師範學堂) 교사 생활도
   함께 하였으며 교육부 공무원 생활도 줄곧 함께 하였다. 또 1922년 베이징여
   사대(北京女子高等師範學校) 교장으로 취임해서 루쉰을 겸임교수로 초빙하여
   당국의 보수적인 교육 정책에 맞서 함께 투쟁하다가 함께 면직되었다. 1927년
   초에는 광저우(廣州) 중산대학(中山大學) 교수로 초빙되었다. 1934년 베이핑대
   학(北平大學) 여자문리학원(女子文理學院) 원장으로 취임하여 『신묘(新苗)』 잡

게 써준 것이다. 루쉰의 마지막 시이다. 루쉰이 일본 유학시절 변발을 자르고 찍은 사진 뒤에 「자제소상(自題小像)」이란 시를 써서 쉬서우창에게 준 일을 상기해보면, 루쉰의 마지막 시가 문경지우(刎頸之友)인 쉬서우창에게 증정된 것은 어쩌면 필연적인 귀착으로 여겨지기도 한다. 아래 각주에서도 알 수 있는 것처럼 쉬서우창은 루쉰과 한평생 학업과 직장을 거의 함께 하였고, 루쉰 사후에는 루쉰의 학문과 정신을 알리기 위해 진력하다가 국민당 특무에 의하여 암살당한 것으로 알려져 있다. 쉬서우창은 「『루쉰 구체시집(魯迅舊體詩集)』발문(『魯迅旧体詩集』跋)」에서 이 시에 대해 다음과 같이 설명하고 있다. "가장 마지막에 있는 「을해년 늦가을 우연히 쓰다(亥年 殘秋偶作)」 시는 루쉰에게 써달라고 부탁하여 받은 시로 내가 「회구(懷舊)」에 처음 발표하였다. 이 시는 피폐한 민생을 슬퍼하며, 아득한 심사를 그려내고 있다. 온갖 감개(感慨)에 젖어 모든 사물을 둘러보아도 몸을 기댈 곳은 아무 데도 없지만, 고통스러운 분투를 더욱 굳건하게 지속해나간다. 비애롭고 고적한 상황 속에서도 희미한 희망을 기탁하고 있다(至于最末一首 「亥年殘秋偶作」系爲余索書而書者, 余亦在「懷舊」中首先發表. 此詩哀民生之憔悴, 狀心事 之浩茫, 感慨百端, 俯視一切, 棲身無地, 苦鬪益堅, 于悲凉孤寂中, 寓熹微之希望焉)." 루 쉰은 희망은 미래에 속한 것이므로(「『吶喊』自序」), 있다고도 할 수 없고, 없 다고도 할 수 없으며, 그것은 땅위에 난 길과 같다고 하였다(「故鄕」). 심지어 '절망이 허망이 되면 그것은 바로 희망과 같다'고(「希望」) 하였으니 루쉰에 게 희망은 늘 희미할 수밖에 없었다. 하지만 루쉰의 시는 만년으로 갈수록 더욱 강건해지는 느낌은 준다. 수많은 제자들과 친구들이 살해된 자리에서 루쉰이 복수를 꿈꾸는 것은 너무나 당연한 일이다. 루쉰은 죽기 한 달 전 쓴 「죽음(死)」이라는 글에서 모든 원수를 용서하지 않겠다고 선언한다. 희 망은 희미하지만 그의 발자취는 죽어서 더욱 강건해지는 것이 아닐까?

지를 발간하였다. 1936년 루쉰이 세상을 떠나자 루쉰의 문학·학문·사상을 널리 알리기 위하여 온갖 어려운 일을 마다하지 않고 도맡아 처리하였다. 그 가 남긴 루쉰 연구 저작은 현재 루쉰 연구에 관한 제1차 경전적인 저작으로 꼽힌다. 1946년 타이완(臺灣) 편역관(編譯館) 관장으로 취임했다가 1948년 2월 18일 타이베이(臺北) 자택에서 의문의 암살을 당하였다. 저서로『장빙린전(章 炳麟傳)』, 『내가 아는 루쉰(我所認識的魯迅)』, 『중국문자학(中國文字學)』, 『전 기연구(傳記硏究)』 등이 있다.

# 亥年殘秋偶作[1]

曾驚秋肅臨天下,

敢遣春溫上筆端.[2]

塵海滄茫沉百感,

金風蕭瑟走千官.[3]

老歸大澤菰蒲盡,[4]

夢墜空雲齒髮寒.[5]

竦聽荒鷄偏闃寂,[6]

起看星斗正闌干.[7]

## ◎ 미주

1) 해년(亥年) : 을해년(乙亥年) 즉 1935년이다.

2) 감견춘온상필단(敢遣春溫上筆端) : 해석에 여러 가지 논란이 있는 구절이다. 거신(葛新)은 비록 추운 가을이지만 '감히 따뜻한 봄 기운을 묘사한다'고 긍정적으로 번역하였다. 이렇게 번역한 배경으로 거신은 1935년 쭌이회의(遵義會議)에서 마오쩌둥(毛澤東) 노선이 중국 공산당 강령으로 채택되고 마오쩌둥이 전체 권력을 장악한 일을 거론하고 있다(거신(葛

新),『루쉰시가역주(魯迅詩歌譯注)』, 上海, 學林出版社, 1993, 218면). 그러나 이는
너무 심한 비약이 아닌가 한다. 마오쩌둥이 비록 권력을 장악했으나
당시는 국민당의 포위 공격으로 중국 공산당의 존립마저 위태롭던 상
황이었으며 마오쩌둥 노선이 궁극적으로 승리할 것이라는 희망을 그
누구도 쉽게 가질 수 없었다. 장쯔창(張自强)은 이에 대해 반대 의견을
제시하고 있다. 즉 국민당이 당시 냉랭하고 암울한 사회적 분위기를
조성해놓고 부분적인 유화 정책을 펴자 일부 문인들이 '봄날이 왔다'
고 했지만 이는 기만적인 상황에 불과하다는 것이다. 따라서 오히려
이 구절은 반어적인 어감을 살려 '어찌 감히 봄날의 온기를 붓 끝에
올리랴?'로 번역해야 한다고 하였다(장쯔창(張自强),『루쉰선생시소증(魯迅先
生詩疏證)』, 成都, 四川文藝出版社, 1992, 421~422면). 전체 시의 흐름이나 당
시 사회 상황을 고려해볼 때 장쯔창의 견해가 더 합리적인 것으로 보
인다.

3) 금풍소슬주천관(金風蕭瑟走千官) : '금풍(金風)'은 추풍(秋風)이다. 음양오
   행설에 의하면 가을은 금(金)에 속하고 서쪽 방위를 의미하므로 금풍
   (金風)은 추풍(秋風) 또는 서풍(西風)이 된다. '주천관(走千官)'은 당시 국민
   당이 안내양외(安內攘外) 정책에 의거하여 일본 침략에 소극적으로 대
   응하는 것을 말한다.

4) 고포진(菰蒲盡) : '고(菰)'는 벼과에 속하는 다년생 수초(水草)인 '줄'이다.
   열매는 '고미(菰米)'로 가난한 사람들의 임시 양식으로 쓰인다. '포(蒲)'
   는 다년생 수초인 '부들'이다. 줄기와 잎으로 자리를 만든다. 최소한의
   의식주도 찾을 수 없고 목숨조차 보장받지 못하던 당시 지명 수배자
   들의 지난한 삶을 가리킨다.

5) 몽추공운치발한(夢墜空雲齒髮寒) : 앞 구절의 '노귀(老歸)'의 의미를 받아
   루쉰(魯迅) 자신의 노쇠함을 이르는 말이다. 루쉰은 지병인 폐병과 늑막
   염을 앓고 있었다. 이 시를 쓰던 시점인 1935년은 루쉰이 세상을 떠나
   기 바로 1년 전이다. 왕부(王符) :『잠부론(潛夫論)·몽렬(夢列)』: "무릇 꿈
   의 대체적인 내용을 살펴보건대, ……막힘·어둠·해체·추락은 쇠퇴

의 징조이다(凡察夢之大體, ……閉塞、幽昧、解落、墜下, 向衰之象).”

6) 송청황계편격적(竦聽荒鷄偏閴寂) : ‘송청(竦聽)’은 놀라서 귀를 세우고 주의 깊게 듣는다는 의미이다. ‘황계(荒鷄)’는 새벽닭이 울 시간이 아닌한 밤중에 우는 닭이다. ‘편(偏)’은 ‘편(遍)’과 통하며 널리 퍼져 나가다는 뜻이다. ‘격적(閴寂)’은 정적(靜寂)이다. 이 구절은 아래 구절과 함께루쉰(魯迅)의 희미한 희망을 드러낸다.

7) 성두정란간(星斗正闌干) : ‘성두(星斗)’는 북두성(北斗星)이다. ‘난간(闌干)’은 기울다는 뜻이다. 북두성이 기울면 밤이 가고 새벽이 밝아온다.

# 신시
## (新詩)

# 꿈

수많은 꿈들, 황혼을 틈타 웅성거린다

지난 꿈이 더 지난 꿈을 밀쳐낼 때, 미래의 꿈이 또 지난 꿈을 뒤쫓아 간다

떠나가는 지난 꿈은 먹물처럼 검고, 남아 있는 미래의 꿈도 먹물인양 검다

가는 꿈과 남은 꿈이 모두 "나의 예쁜 색깔 좀 봐줘"라고 말한다

색깔이야 좋겠지만, 암흑 속에선 알 수 없지

또한 알 수 없나니, 말하는 이는 그 누구인가?

암흑 속에선 알 수 없어, 열이 나고 머리가 아프다

어서 오라 어서 오라! 분명한 꿈이여

◎ 해설

이 시는 1918년 5월 『신청년(新青年)』 제4권 제5호에 발표되었다. 같은 잡지에 중국 최초의 현대소설인 「광인일기(狂人日記)」도 발표되어 중국 신문학 초기의 다양한 모색이 진행되고 있었다. 감수성이 예민한 루쉰의 고투(苦鬪)가 매우 짙게 느껴진다.

夢

很多的夢，趁黃昏起哄.

前夢才擠却大前夢時，後夢又赶走了前夢.

去的前夢黑如墨，在的後夢墨一般黑；

去的在的仿佛都說：“看我眞好顏色”；

顏色許好，暗里不知；

而且不知道，說話的是誰？


暗里不知，身熱頭痛.

你來你來！明白的夢.

# 사랑의 신(큐피트)

귀여운 꼬마 하나가, 하늘에서 날개를 퍼덕인다

한 손에는 화살을, 한 손에는 활을 잡고 있다

어떤 사연인지도 모르고, 화살 하나를 가슴팍에 발사한다

　"꼬마 선생님, 함부로라도 저를 돌보아주셔서 감사합니다!

　하지만 알려주세요, 제가 누구를 사랑해야 하나요?"

꼬마는 당황하며 고개를 가로젓는다. "아이 참!

심장을 가진 분이 그런 말씀을 하셔요?

　당신이 누구를 사랑하든, 제가 어떻게 알아요

　결국 저의 화살은 이미 날아갔으니까요!

　당신이 누구를 사랑하든, 목숨 걸고 사랑하셔요

당신이 아무도 사랑하지 않는다면, 목숨 걸고 자신을 죽여버리셔

요"

　　이 시도 앞의 시와 마찬가지로 1918년 5월 『신청년(新靑年)』 제4권 제5호에 발표되었다. 어머니의 강권에 의해 마음에도·없는 중매결혼을 한 루쉰에게 있어서 '사랑'은 암흑 속의 신기루 같은 고통이었다. 왜냐하면 큐피트는 사랑의 대상을 가르쳐주지 않기 때문이다. 루쉰 초기 문학 특히 시에 등장하는 큐피트는 이성 또는 조국을 사랑하게 해주는 매개체지만, 대상 없는 사랑만 던져주기 때문에 오히려 애증과 곤혹의 상징이기도 하다.

# 愛之神

一個小娃子, 展開翅子在空中,

一手搭箭, 一手張弓,

不知怎麼一下, 一箭射着前胸.

　"小娃子先生, 謝你胡亂栽培!

　　但得告訴我, 我應該愛誰?"

娃子着慌, 搖頭說, "唉!

你之還有心胸的人, 竟也說這宗話.

　你應該愛誰, 我怎麼知道,

　　總之我的箭是放過了!

　　你要是愛誰, 便沒命的去愛他.

你要是誰也不愛, 也可以沒命的去自己死掉."

# 복사꽃

봄비가 그치고, 햇볕이 따뜻하여, 발길 닿는 대로 정원을 걷는다

복사꽃이 서쪽에 피었고, 오얏꽃이 동쪽에 피었다

　나는 "복사꽃은 빨갛고 오얏꽃은 하얗네."라고 말한다

　(복사꽃이 오얏꽃보다 못하네라고 하지 않았다)

하지만 복사꽃은 화를 내며, 얼굴을 온통 '핑크빛'으로 물들인다

　이런 녀석! 성질하구는! 얼굴이 온통 빨개졌네.

　내 말은 결코 널 탓하는 게 아닌데, 왜 얼굴이 빨개지도록

화를 내니!

　아이 참! 꽃에게는 꽃의 사연이 있지요. 저도 몰라요.

◉ 해설

이 시도 앞의 시와 마찬가지로 1918년 5월 『신청년(新靑年)』 제4권 제5호
에 발표되었다. 중간물(中間物)로서의 루쉰의 자의식은 놀랍도록 늘 깨어
있다. 핑크빛 복사꽃은 왜 붉은 것일까?

# 桃花

春雨過了, 太陽又很好, 隨便走到園中.

桃花開在園西, 李花開在園東.

　我說, "好極了! 桃花紅, 李花白."

　(沒說, 桃花不及李花白.)

桃花可是生了氣, 滿面漲作"楊妃紅".

　好小子! 眞了得! 竟能氣紅了面孔.

　我的話可幷沒得罪你, 你怎的便漲紅了面孔!

　唉! 花有花道理. 我不懂.

# 그들의 꽃밭

꼬마 아이, 곱슬머리,

은황색 얼굴에 홍조를 띠고, ―할 말이 있는 듯,

　걸어 나가 대문을 열고, 이웃집을 바라본다

　그들의 커다란 꽃밭에는, 예쁜 꽃이 많이 피어 있다.

정성을 다하여, 백합 한 송이를 얻었다.

방금 내린 눈처럼, 하얗게 빛난다.

조심조심 집으로 가지고 와, 얼굴 빛을 비추자, 정말이지 꽃잎에
핏빛이 돈다.

　파리가 꽃 주위를 앵앵거리며, 어지럽게 방안을 난다―

　"이 불결한 꽃을 편애하다니, 멍청한 꼬맹이!"

　얼른 백합을 살펴보니, 벌써 몇 군데 파리똥이 남아 있다.

더 감상할 수도 없고, 버릴 수도 없다.

하늘로 눈길을 던지고, 그는 더 할 말이 없다.

　말을 하지도 못하고, 이웃집을 떠올린다

　그들의 커다란 꽃밭에는, 예쁜 꽃이 많이 피어 있다.

## ◉ 해설

이 시는 1918년 7월 『신청년(新靑年)』 제5권 제1호에 발표되었다. 왜 그들의 꽃밭에만 예쁜 꽃이 많이 피어 있는 걸까? 황폐한 우리 집엔 왜 파리떼만 들끓는 것일까?

# 他們的花園

小娃子，卷螺髮，

銀黃面龐上還有微紅，－看他意思是正要話.

走出破大門，望見隣家，

他們大花園裏，有許多好花.

用盡小心機，得了一朵百合，

又白又光明，像才下的雪.

好生拿了回家，映着面龐，分外添出血色.

蒼蠅繞花飛鳴，亂在一屋子裏－

"偏愛這不乾淨花，是糊塗孩子!"

忙看百合花，都已有幾點蠅矢.

看不得，舍不得.

瞪眼望天空，他更無話可說.

說不出話，想起隣家.

他們大花園裏，有許多好花.

# 사람과 때

한 사람이 말한다, 미래가 현재보다 나을 거야.

한 사람이 말한다, 현재가 과거보다 훨씬 못해.

한 사람이 말한다, 뭐라고?

때가 말한다, 너희들은 모두 나의 현재를 모욕하고 있어.

　　과거가 좋으면, 혼자서 돌아가라.

　　미래가 좋으면, 나와 함께 전진하자.

　　그게 무슨 말이야?

　　난 네게 아무 말도 하지 않았어.

◎ 해설

이 시는 1918년 7월 『신청년(新靑年)』 제5권 제1호에 발표되었다. 사랑의 반대말은 무관심이다. 혁명의 공적(公敵)은 적막이다.

# 人與時

一人說，將來勝過現在.

一人說，現在遠不及從前.

一人說，甚麼?

時道，你們都侮辱我的現在.

　從前好的，自己回去.

　將來好的，跟我前去.

　這說甚麼的，

　我不和你說甚麼.

그

1.

'매미'야 울지 마라

그가 방에서 자고 있다

'매미'의 울음이, 가슴에 파고든다

태양이 지고 '매미' 울음도 그쳤다 ─아직 그를 보지 못했다

문을 두드려 그를 깨워도 ─쇠사슬에 묶여 있다


2.

가을 바람이 불어와

그 집 커튼을 열어젖힌다

커튼이 열리면, 그의 보조개를 볼 수 있으리

커튼이 열리자, 회칠한 벽만 바라보인다

마른 잎새들만 부질없이 떨어진다

3.

폭설이 내려, 눈을 쓸고 그를 찾아간다

  이 길은 산 위로 이어지고, 산 위에는 온통 소나무와 잣나무들

  그는 꽃과 같아, 이곳에 어떻게 살 수 있으리

돌아가서 그를 찾으리, ―아! 돌아와도 여전히 나의 집


◉ 해설

이 시는 1919년 4월 『신청년(新靑年)』 제6권 제4호에 발표되었다. 변함없는 순환, 더러운[汚濁] 평화의 연속, 깨부술 수 없는 철의 방, 식인[吃人] 역사의 반복, 루쉰은 이러한 적막강산이 일상 속에 가득 차 있다고 인식하였다.

# 他

一

"知了"不要叫了,

他在房中睡着;

"知了"叫了, 刻刻心頭記着.

太陽去了, "知了"住了, －還沒有見他,

待打門叫他, －鏽鐵鏈子系着.

二

秋風起了,

快吹開那家窗幕.

開了窗幕, 會望見他的雙靨.

窗幕開了, －望全是粉牆,

白吹下許多枯葉.

三

大雪下了，掃出路尋他；

這路連到山上，山上都是松柏，

他是花一般，這裏如何住得！

不如回去尋去他，－呵! 回來還是我的家.

# 나의 실연
### 고시(古詩)를 모방한 해학시

내 사랑하는 이 저 산 중턱에 있네.

그녀를 찾아가려 해도 산이 너무 높아서,

고개 숙이고 하릴 없이 눈물로 도포를 적시네.

내 님이 나에게 백접(百蝶) 수건 선물해서,

나는 그녀에게 무엇을 보냈나? 올빼미.

그 이후론 얼굴 바꾸고 상관하지도 않네,

까닭을 몰라서 내 마음 두려워지네.


내 사랑하는 이 저 시장통에 있네.

그녀를 찾아가려 해도 사람이 너무 붐벼서,

고개 들고 하릴 없이 눈물로 귀를 적시네.

내 님은 나에게 쌍연도(雙燕圖)를 선물해서

나는 그녀에게 무엇을 보냈나? 얼음 사탕 꼬치

그 이후론 얼굴 바꾸고 상관하지도 않네,

까닭을 몰라서 내 마음 멍청해지네.


　내 사랑하는 이 저 강가에 있네.
그녀를 찾아가려 해도 강물이 너무 깊어서,
고개 기울이고 하릴 없이 눈물로 옷깃을 적시네.
내 님은 나에게 황금 시계 줄을 선물해서
나는 그녀에게 무엇을 보냈나? 땀내는 약.
그 이후론 얼굴 바꾸고 상관하지도 않네,
까닭을 몰라서 난 신경쇠약에 걸렸네.


　내 사랑하는 이 저 권세가에 있네.
그녀를 찾아가려 해도 자동차가 없어서,
고개 흔들며 하릴 없이 눈물을 줄줄 흘리네.
내 님은 나에게 장미꽃을 선물해서,
나는 그녀에게 무엇을 보냈나? 율모기 뱀
그 이후론 얼굴 바꾸고 상관하지도 않네,
까닭을 모르니 −그녀 맘대로 하라지.


◎ 해설

다. 당시 자유 연애 풍조가 유행하면서 '아아, 나 죽겠네, 나는 임과 헤어
졌네.'와 같은 지나친 영탄조의 시가 쏟아지자, 루쉰이 이 시를 지어 당시
지식인들의 퇴영적 감상을 풍자하였다. 일상을 비트는 루쉰 특유의 시니
컬함이 느껴진다.

# 我的失戀
### 擬古的新打油詩

我的所愛在山腰.

想去尋她山太高,

低頭無法淚霑袍.

愛人贈我百蝶巾,[1]

回她甚麼, 猫頭鷹.[2]

從此翻臉不理我,

不知何故兮使我心驚.


我的所愛在鬧市.

想去尋她人擁擠,

仰頭無法淚霑耳.

愛人贈我雙燕圖,[3]

回她甚麼, 氷糖壺盧.[4]

從此翻臉不理我,

不知何故兮使我糊塗.


　　我的所愛在河濱.

想去尋她河水深,

歪頭無法淚霑襟.

愛人贈我金表索,

回她甚麽, 發汗藥.5)

從此翻臉不理我,

不知何故兮使我神經衰弱.


　　我的所愛在豪家.

想去尋她兮沒有汽車,

搖頭無法淚如麻.

愛人贈我玫瑰花,

回她甚麽, 赤練蛇.6)

從此翻臉不理我,

不知何故兮　－由她去罷.


◎ 미주

1) 백접건(百蝶巾) : 백 마리의 나비를 수놓은 수건. 루쉰의 고향 저장(浙江) 지방 전설에 의하면 양산백(梁山伯)이란 청년과 축영대(祝英臺)란 아가씨가 이승에서 사랑을 이루지 못하고 죽어서 나비가 되어 사랑을 이루

었다고 한다. 또 나비는 항상 꽃과 함께 그리므로 '백접도(百蝶圖)'나 '백접건(百蝶巾)'은 남녀간의 사랑이나 부부간의 화합을 상징한다.

2) 올빼미[猫頭鷹] : 올빼미는 중국에서도 흔히 불길한 흉조(凶鳥)로 인식된다. 그러나 루쉰(魯迅)은 밤에 홀로 깨어 고독하게 우는 올빼미에 선각자와 투사의 이미지를 부여하였다. 루쉰은 1927년 1월 11일 쉬광핑(許廣平)에게 보낸 편지에서도 "나는 명성과 지위 어느 것도 원하지 않아, 다만 올빼미·뱀·귀신·괴물이면 족하지(我對於名聲地位, 甚麼都不要, 只要梟蛇鬼怪就夠了)"라고 하였다.

3) 쌍연도(雙燕圖) : 제비는 봄이 되면 항상 제가 깃들어 살던 옛집으로 찾아오므로 믿음을 나타낸다. 그리고 제비는 늘 한 쌍이 함께 하며 새끼를 정성껏 기르므로 부부간의 화합과 자식 사랑을 상징한다.

4) 빙탕후루(氷糖壺盧) : 아가위 열매나 해당 열매로 만든 일종의 꼬치이다. 얼음 설탕 즙에 찍어서 먹는다. 루쉰이 좋아하던 간식이다. 루쉰은 또 사탕이나 캔디도 좋아하여 늘 집에 비치해두고 아이들이나 손님들을 대접했다고 한다.

5) 발한약(發汗藥) : 아스피린이다. 루쉰은 평소 폐병으로 인한 호흡기 질환을 갖고 있어서 아스피린을 자주 복용하였다. 1924년 1월 7일 『루쉰일기(魯迅日記)』에도 "밤에 아스피린 한 알을 먹자 조금 땀이 났다(夜服阿思匹林片一枚, 小汗)"는 기록이 있다.

6) 적련사(赤練蛇) : 흔히 유혈목이 또는 꽃뱀[花蛇]이라고도 한다. 한국이나 중국의 들에서 흔히 볼 수 있는 야생 뱀이다. 루쉰은 1881년 신사생(辛巳生) 뱀띠이므로 자신을 뱀에 비견하는 경우가 많았다.

# 잘난 놈들을 노래하다

남쪽에선 온종일 무슨 대회 열리는데,

북쪽에선 갑자기 봉화 연기 치솟는다.

북쪽 사람들 피난가고 남쪽 사람들 고함치며,

청원하랴 전보 치랴 날마다 시끌벅적.

그 뿐이랴, 니 죽일 놈 나 죽일 놈 욕지거리 퍼부으며,

자기의 말씀은 꿀맛처럼 달다 한다

먹물들은 악비(岳飛)가 잘못 했다 조소하고,

군바리는 진회(秦檜)가 간신배라 운운한다.

욕지거리 속에서 영토를 빼앗기고도,

욕지거리 속에서 왼갖 성금 내라 한다.

영토를 빼앗기고 성금을 걷어가자

악다구니와 욕지거리 모두들 고요하다.

먹물들은 치통 핑계로 휴식을 하고,

군바리는 온천으로 휴양을 간다.

아무도 악비나 진회가 아니란 걸 후세 사람들 자연히 알 거라고,

오해했다 성명 내고 앞장서서 혐의를 푸니,

모두들 예외 없이 저리 잘난 놈들이라,

마침내 머리 맞대고 한방에 모여들어 시가 담배 연기를 마음껏
뿜어댄다.




이 시는 1931년 12월 11일자 『십자가두(十字街頭)』 제1기에 발표되었다.
당시 국민당 정부의 파벌 싸움과 소극적 항일, 군벌들의 사리사욕과 가식
적인 행동을 풍자하고 있다.

# 好東西歌

南邊整天開大會,[1]

北邊忽地起烽烟,[2]

北人逃難南人嚷,

請願打電鬧連天.[3]

還有你罵我來我罵你,

說得自己蜜樣甛.

文的笑道岳飛假,[4]

武的却云秦檜奸.[5]

相罵聲中失土地,

相罵聲中捐銅錢,[6]

失了土地捐過錢,

喊聲罵聲也寂然.

文的牙齒痛,

武的上溫泉.

後來知道誰也不是岳飛或秦檜,

聲明誤解釋前嫌,

大家都是好東西,

終于聚首一堂來吸雪茄烟.




1) 1931년 5월 국민당의 거물 왕징웨이(汪精衛)·쑨커(孫科)·후한민(胡漢民)
파 정객들이 군벌 천지탕(陳濟棠)·리쭝런(李宗仁)·바이충시(白崇禧) 등
과 연합, 광저우(廣州)에서 특별회의를 개최하여 또 다른 국민 정부를
세우고 난징(南京)의 장제스(蔣介石)와 무력으로 대치하였다. 같은 해 9
월 18일 일본군이 만주를 침략하자 난징 정부에서는 비상시국을 명분
으로 9월 19일 우톄청(吳鐵城)·장지(張繼)·리스청(李石曾) 등을 광저우
로 파견하여 9월 24일 화해 회의를 개최하였다. 광저우 정부에서는 장
제스가 하야하고 후한민을 석방하면 광저우 정부를 해체하겠다고 하
였고, 난징 정부도 이를 받아 들여 두 파가 1931년 12월에 제4기 1중
전회를 개최하여 통일 정부를 구성하고 정부 인선을 마무리하기로 하
였다.
2) 1931년 9월 18일 일본 제국주의자들이 만주 사변을 일으켜 만주 전체
를 장악한 일이다.
3) 당시 중국 각지에서 난징(南京) 정부를 향해 항일 청원 운동이 벌어졌다.
4) 당시 군벌들에게 빌붙어 살던 참모들이 충신 악비(岳飛)를 잘못 되었다
고 헐뜯으며 자신들의 행동을 정당화하는 일을 가리킨다.
5) 당시 군벌들이 진회(秦檜)와 같은 간신배처럼 살면서도 오히려 진회가
간신이라고 욕한다는 뜻이다.
6) 9·18 만주사변 후 국민당 정부에서는 자신들은 소극적 항일로 일관하
면서 중국 국민을 향해 각종 항일 의연금을 착취하였다.

# 공민 교과목을 노래하다

허젠(何鍵) 장군 큰 칼 비껴들고 교육을 주재하시며

학교 교과에 뭘 좀 보태야 한다고 말씀하신다

맨 먼저 가르쳐야 할 것은 "공민(公民)" 과목이시라는데,

이 과목으로 뭘 교양하시겠다는 건지 알다가도 모를 일이다.

그러나 제공(諸公)들은 성급해하지 말고

본인에게 교과서 편찬을 맡겨 달라 하신다.

공민을 기르는 일은 진실로 어려운 즉,

여러분께서는 절대 건성으로 넘기지 마시란다.

첫째 요점은 학생들이 수동적으로 변해야 한단다.

도야지처럼 더럽고 소처럼 힘이 세면,

죽여서 고기 먹고 살려서 일 시키고,

병들어 죽더라도 기름 짜서 등불 켠단다.

둘째 요점은 학생들이 우선 절을 할 줄 알아야 한단다

허(何) 대인께 맨 먼저 배례(拜禮)를 올리고,

그 다음엔 공자님께 배례해야 한단다.

배례를 잘 못하면 바로 목을 칠 터이니,

목을 칠 때 애걸복걸 목숨 구걸 말란다.

목숨 구걸은 곧 바로 반혁명의 죄가 되고,

허(何) 대인은 큰 칼 있고 그대들은 모가지만 있으니.

본인의 천직에 있는 힘을 다 바치신단다.

셋째 요점은 사랑을 얘기해서는 안 된단다

자유 결혼은 양놈들의 헷소리므로

열이든 스물이든 축첩(蓄妾)하는 게 제일이란다.

만약에 에비 에미가 돈이 필요하다면

몇 백원 몇 천원에도 딸을 팔 수 있단다

미풍 양속에 부합되고 돈도 벌 수 있으니,

이처럼 좋은 일이 또 어디에 있겠냐신다

넷째 요점은 말을 잘 들어야 한단다.

허(何) 대인께서 말씀하시면 그대로 따라야 하며

공민(公民)들의 의무는 많고도 많지만

오로지 허(何) 대인만 마음속으로 알고 계시단다

그러나 제공(諸公)들은 교과서를 절대 그대로 지키지 마시란다

허(何) 대인께서 불쾌하실 때 '그래 내가 반동이다'라고 하지 않으
시도록.

이 시도 1931년 12월 11일자 『십자가두(十字街頭)』 제1기에 발표되었다. 봉건적이고 수구적인 교육을 부활시키려던 군벌들의 기만적 행태를 풍자하였다.

# 公民科歌

何鍵將軍捏刀管敎育,[1]

說道學校裏邊應該添甚麽.

首先叫作"公民科",

不知這科敎的是甚麽.

但願諸公勿性急,

讓我來編敎科書,

做個公民實在弗容易,

大家切莫耶耶乎.[2]

第一着, 要能受,

蠻如猪玀力如牛,

殺了能吃活就做,

瘟死還好熬熬油.

第二着, 先要磕頭,

先拜何大人,

後拜孔阿丘,

拜得不好就砍頭,

砍頭之際莫討命,

要命便是反革命,

大人有刀你有頭,

這點天職應該盡.

第三着, 莫講愛,

自由結婚放洋屁,

最好是做第十第廿姨太太,

如果爹娘要錢化,

幾百幾千可以賣,

正了風化又賺錢,

這樣好事還有嗎?

第四着, 要聽話,

大人怎說你怎做.

公民義務多得很,

只有大人自己心裏懂,

但願諸公切勿死守我的教科書,

免得大人一不高興便說阿拉是反動.3)


◎ 미주

1) 허젠(何鍵: 1887 - 1965) : 후난성(湖南省) 리링(醴陵) 사람으로 자(字)는 윈차오(芸樵)이다. 국민당 정부 위원으로 1929년 후난성 주석에 임명되어

근 10년간 후난성을 통치하였다. 1931년 11월 개최된 국민당(남방 방면)
제4차 전국 대표 대회에 참석하여 중학교와 소학교에 '공민(公民)' 교과
목의 설치를 주장하였다. '공민(公民)' 교과목은 위의 시에서도 지적된
것처럼 봉건적인 윤리와 도덕을 어린 학생들에게 주입하려던 수구적
·독재적 발상이었다.
2) 예예후(耶耶乎) : 상하이 방언인데, 중국 표준어로는 '마마후후(馬馬虎虎)'
에 해당한다. 건성으로, 대충대충의 뜻이다.
3) 아라(阿拉) : 상하이 방언이다. 중국 표준어로 '워(我)'에 해당하는 1인칭
대명사이다.

# "시국논쟁"을 노래하다

국민당 일중전회(一中全會) 바쁘신 와중에도,

매국노가 누구신지 갑자기 토론하는데.

광둥파(廣東派) 위원님은 시끌시끌 비난하며,

매국의 책임을 난징(南京) 당국에 떠넘긴다.

우즈후이(吳稚暉) 영감님은 노익장을 과시하며,

뻥치지 말라고 맞받아 고함친 뒤,

나라 판 매국노는 또 다른 인물인데,

가까운 곳 먼 곳도 아닌 회의장에 있다 한다.

어떤 이는 옳소 옳소 맞장구 소리치고,

어떤 이는 쯧쯧쯧 혀를 차며 냉소하자,

옳소 옳소 맞장구에 황태자님 골치 아파,

한 마디 말도 없이 '새 도읍지'를 떠나시니,

회의장의 분위기가 어두침침 사색 된다.

수많은 요인께서 그 꽁무니 졸졸 따라,

어가(御駕)를 삼가 모셔 귀경하시길 간청한다

모두들 힘을 모아 '국난 극복' 해야 하는데,

맡은 일 팽개치고 뭐하러 왔냐 하신다.

챔피언이 떠나서서 진수성찬 다 식으니,

동지들을 너무 오래 기다리지 말게 하시고,

저 두령은 자동으로 출석하지 못할 터인 즉,

더 이상 훼방 놓는 여시도 없으리라 한다.

하물며 명예·이익은 함께 누리기 어려운데,

어떻게 고생 없이 단맛만 볼 수 있으랴 한다

모두가 매국했던지 아니면 모두 아니니,

일방만 매도하면 너무나 난감하단다.

이제 우리 다시 가서 통쾌하게 술 들이켜

취기 올라 열이 나면 마음이 열릴 테니

어떠한 일이라도 서로 말이 통할 테고,

이렇게 해야 영령(英靈)을 위로할 수 있다 한다

이론과 실제를,

남김없이 설파하자.

끄덕끄덕 용의 아들이,

다시 기차에 오르신다.

다만 아쉽게도 나라의 기둥께서

여전히 패싸움을 구상하고 계시는 듯.

그러나 잔탕(展堂) 동지는 혈압이 높으시고,

징웨이(精衛) 선생께선 당뇨병을 앓으시니,

우즈후이(吳稚暉) 영감님이 경고를 받았어도,

일시적으로 국난에 함께 하지 못하신단다,

이렇게 유지해가니 얼마나 좋은 일인가?

중화민국엔 언제나 수뇌가 없었다네.

당(黨)의 통치 받는 것도 못할 짓이니,

힘없는 백성들만 고통당할 터.

그러나 치병(治病)과 통일이 저들에겐 모두 쉬워,

‘시국논쟁’을 통시 칸에 내던져두네.

뺑을 치고 뺑을 치고 개소리로 뺑을 치니,

정말 정말 우째 우째 이런 일이 있을 손가?

◎ 해설

이 시는 1932년 1월 5일 격주간 『십자가두(十字街頭)』 제3기에 발표되었다. 이 잡지는 국민당 당국의 탄압으로 이 호를 마지막으로 정간당하였고, 이 호도 1월 5일 발간 예정이었으나 두 달이나 늦어진 3월 5일에야 발행되었다. 1931년 12월 22일에서 29일까지 열린 국민당 제4기 1중전회(一中全會)에서는 각 파벌간에 정권 투쟁이 치열하게 벌어져 이전투구의 양상이 전개되었는데, 이를 당시 언론에서는 다소 점잖은 어조로 ‘시국논쟁[言詞爭執]’이라고 하였다. 루쉰은 이 말 뒤에 숨은 권력투쟁과 사리사욕의 진상을 폭로·풍자하고 있다.

# ‘言詞爭執’歌

一中全會好忙碌,[1)]

忽而討論誰賣國,

粵方委員嘰哩咕,

要將責任歸當局.[2)]

吳老頭子老益壯,[3)]

放屁放屁來相嚷,[4)]

說道賣的另有人,

不近不遠在場上.

有的叫道對對對,

有的吹了嘶嘶嘶.

嘶嘶一通不打緊,

對對惱了皇太子,[5)]

一聲不響出‘新京’,[6)]

會場旗色昏如死.

許多要人夾屁追,

恭迎聖駕請重回,

大家快要一同‘赴國難’,

又拆臺基何苦來?

香檳走氣大菜冷,[7]

莫使同志久相等,

老頭自動不出席,[8]

再沒狐狸來作梗.[9]

況且名利不雙全,

那能推苦只嘗甜?

賣就大家都賣不都不,

否則一方面子太難堪.

現在我們再去痛快淋漓喝幾巡,

酒酣耳熱都開心,

什麼事情就好說,

這才能慰在天靈.[10]

理論和實際,

全都括括叫,

點點小龍頭,[11]

又上火車道.

只差大柱石,[12]

似乎還在想火幷,

展堂同志血壓高,[13]

精衛先生糖尿病,[14]

國難一時赴不成,

雖然老吳已經受告警.

這樣下去怎麼好,

中華民國老是沒頭腦,

想受黨治也不能,

小民恐怕要苦了.

但願治病統一都容易,

只要將那"言詞爭執"扔在茅廁裏,

放屁放屁放狗屁,

眞眞豈有之此理.




1) 일중전회(一中全會): 1931년 12월 22일에서 29일까지 난징(南京)에서 열린 국민당 통일 정부 구성을 위한 대회이다. 난징의 장제스(蔣介石)의 전횡에 반대하는 국민당의 거물 왕징웨이(汪精衛)·쑨커(孫科)·후한민(胡漢民) 파 정객들이 군벌 천지탕(陳濟棠)·리쭝런(李宗仁)·바이충시(白崇禧) 등과 연합하여, 1931년 5월 광저우(廣州)에서 또 다른 국민 정부를 세우고 난징(南京)의 장제스(蔣介石)와 무력으로 대치하였다. 9·18 일본의 만주 침략을 계기로 난징 정부가 광저우 정부에 화해를 시도하자 광저우 정부에서는 장제스가 하야하고 후한민을 석방하면 광저우 정부를 해체하겠다고 하였고, 난징 정부도 이를 받아 들여 두 파가 1931년 12월에 제4기 1중전회를 개최하여 통일 정부를 구성하고 정부 인

선을 마무리하기로 하였다.

2) 당시 광저우(廣州) 국민 정부 측에서는 9·18 만주 사변으로 만주를 일본에 빼앗긴 책임을 소극적 항전으로 일관한 난징(南京) 정부가 져야 한다고 매우 강력하게 비난하였다.

3) 우즈후이(吳稚暉: 1866 – 1953) : 쟝쑤성(江蘇省) 우진(武進) 사람으로 본명은 징헝(敬恒)이고 자(字)가 즈후이(稚暉)이다. 장제스(蔣介石) 계열의 장군으로 국민당 중앙감찰 위원과 국민 정부 위원을 역임하였다. 당시 광저우 정부 측이 항일에 소극적인 난징 정부의 인사들을 가리켜 매국노라고 비난하자, 우즈후이는 광저우 정부의 한 인사가 일본으로 건너가 만주 침략을 조장했다고 하면서, 광저우 정부야 말로 매국의 책임을 져야 한다고 하였다.

4) 우즈후이(吳稚暉)는 말을 할 때 항상 "뺑이야, 뺑이야, 우째 이런 일이(放屁, 放屁, 豈有此理)"라는 말을 입에 달고 살았다고 한다.

5) 황태자(皇太子) : 중화민국(中華民國) 국부(國父) 쑨원(孫文: 1866 – 1925)의 아들 쑨커(孫科: 1891 – 1973)이다. 왕징웨이(汪精衛)·후한민(胡漢民) 등과 광저우 정부 설립을 주도하고 장제스(蔣介石)를 하야시킨 뒤 국민당 통일 정부의 행정원장에 취임하였으나, 얼마 안 있어 왕징웨이와 장제스의 연합전선에 의해 실각하였다. 당시 우즈후이(吳稚暉)가 광저우 정부를 매국노 정부라고 비난하자, 항의 표시로 회의에 불참하고 상하이(上海)로 돌아가 장제스의 명목적인 하야를 이끌어내었다.

6) 신경(新京) : 난징 정부와 광저우 정부가 연합하여 통일 정부를 구성하면서 난징을 '신경(新京)'이라고 명명하였다.

7) 샹빈(香擯) : 영어의 챔피언 발음을 중국어로 표현한 것으로 당시 유행하던 신조어였다.

8) 노두(老頭) : 장제스(蔣介石)를 가리킨다.

9) 호리(狐狸) : 여우, 즉 장제스에게 아부하는 우즈후이(吳稚暉)를 가리킨다.

10) 천령(天靈) : 이미 작고한 중화민국의 국부(國父) 쑨원(孫文)을 가리킨다.

11) 소룡두(小龍頭) : 쑨원의 아들 쑨커(孫科)를 가리킨다.

12) 대주석(大柱石) : 중화민국 건국 기념일인 1930년 쌍십절(雙十節: 10월 10
일) 상하이(上海)『민국일보(民國日報)』에 장제스(蔣介石)의 큰 사진을 싣
고 "새로운 중국의 기둥, 국민 정부의 주석, 장제스 선생(新中國赤主席,
國民政府主席, 蔣介石先生)"이라고 설명을 달았다.

13) 잔탕(展堂) : 후한민(胡漢民: 1879 – 1936)이다. 후한민은 광둥성(廣東省) 판
위(番禺) 사람으로 호(號)가 잔탕(展堂)이다. 국민당 중앙정치위원회 상
무위원과 입법원장을 역임하였다. 장제스(蔣介石)에게 맞서 광저우(廣
州) 정부 설립을 주도하였다. 당시에는 입법원장이었지만 고혈압을
핑계로 난징(南京) 대회에 참석하지 않았다.

14) 징웨이(精衛) : 왕징웨이(汪精衛: 1883 – 1944)이다. 원적(原籍)은 저장성(浙
江省) 사오싱(紹興)인데 광둥성(廣東省) 판위(番禺)에서 태어났다. 1931년
5월 광저우 국민 정부 설립 때 주도적인 역할을 수행하였으나 12월
에 열린 난징(南京) 1중전회에서는 마지막에 장제스(蔣介石)와 담합하
여 쑨커(孫科)를 실각시켰다. 이후 1937년 장제스와 마오쩌둥(毛澤東)이
제2차 국공합작을 결성하고 항일구국론을 앞세워 일본 침략에 공동
으로 대응하자, 왕징웨이는 오히려 화평구국론을 내세워 1938년 난
징에 친일 매국노 정부를 세우고 일본 침략에 협력하였다. 왕징웨이
는 지병인 당뇨병을 앓고 있었다.

# 산문시
## (散文詩)

# 그림자의 고별

사람이 시간도 모를 정도로 깊은 잠에 빠졌을 때, 그림자가 와서 고별하며 이렇게 말하리.

내가 원하지 않는 것이 천당에 있다면, 나는 가지 않으리. 내가 원하지 않는 것이 지옥에 있다면, 나는 가지 않으리. 내가 원하지 않는 것이 그대들의 미래 황금세계에 있다 해도, 나는 가지 않으리.

그러나 그대가 바로 내가 원하지 않는 것.
친구여, 나는 그대를 좇아가고 싶지도, 함께 멈추고 싶지도 않다.
나는 원하지 않는다.
아아, 아아. 나는 원하지 않는다. 차라리 디딜 땅도 없는 곳에서 방황하리.

나는 그림자에 지나지 않아, 그대와 고별하고 암흑 속으로 침몰하리. 그러나 암흑은 또 나를 삼키고, 광명은 또 나를 지우리.
그러나 나는 밝음과 어둠 사이에서 방황하고 싶지 않아. 차라리 암흑 속에서 침몰하리.

그러나 나는 끝내 밝음과 어둠 사이에서 방황한다. 황혼인지 여명인지 알 수 없다. 잠시 거무튀튀한 손을 들어 술 한 잔을 건배하는 체 한다. 나는 시간도 언제인지 모를 때에 혼자서 먼 길을 가리.

아아, 아아. 만약 황혼이라면 어두운 밤이 저절로 나를 침몰시키리. 그렇지 않으면 한낮이 나를 지우리. 만약 지금이 여명이라면.

친구여, 때가 가까이 왔다.

나는 암흑을 향해 디딜 땅도 없는 곳에서 방황하리.

그대는 아직 나의 선물을 바라는가. 내가 그대에게 무엇을 바칠 수 있을까. 그래도 바람을 그칠 수 없다면 여전히 암흑과 공허 뿐이다. 그러나 나는 암흑이 혹시라도 그대의 한낮에 의해 사라지기를 바랄 뿐, 또 허공이 그대 마음을 점령하지 않기를 바랄 뿐.

나의 바람은 이것 뿐. 친구여.

나는 혼자서 먼 길을 간다. 그러나 그대도 없고, 더 이상 암흑 속에 다른 그림자도 없다. 오직 나만이 암흑 속에 침몰할 뿐, 저 암흑의 세계가 오로지 나에게만 속해 있기를.

1924년 9월 24일

◎ 해설

이 산문시는 1924년 12월 8일 『어사(語絲)』 주간(週刊) 제4기에 발표되었다. 빛에 의해 지워지고, 어둠에 의해 집어 삼켜지는 그림자의 곤혹, 루쉰의 예민한 박투(搏鬪)가 눈물겹다.

# 影的告別

人睡到不知道時候的時候, 就會有影來告別, 說出那些話 –


有我所不樂意的在天堂裏, 我不願去; 有我所不樂意的在地獄裏,
我不願去; 有我所不樂意的在你們將來的黃金世界裏, 我不願去.

然而你就是我所不樂意的.

朋友, 我不想跟隨你, 我不願住.

我不願意!

嗚乎嗚乎, 我不願意, 我不如彷徨於無地.


我不過一個影, 要別你而沉沒在黑暗裏了. 然而黑暗又會吞并我,
然而光明又會使我消失.

然而我不願彷徨於明暗之間, 我不如在黑暗裏沉沒.


然而我終於彷徨於明暗之間, 我不知道是黃昏還是黎明. 我姑且舉
灰黑的手裝作喝幹一杯酒, 我將在不知道時候的時候獨自遠行.

嗚乎嗚乎, 倘若黃昏, 黑夜自然會來沉沒我, 否則我要被白天消失, 如果現是黎明.

朋友, 時候近了.
我將向黑暗裏彷徨於無地.
你還想我的贈品. 我能獻你甚麼呢? 無已, 則仍是黑暗和虛空而已. 但是, 我願意只是黑暗, 或者會消失於你的白天, 我願意只是虛, 決不占你的心地.

我願意這樣, 朋友 —
我獨自遠行, 不但沒有你, 并且再沒有別的影在黑暗裏. 只有我被黑暗沉沒, 那世界全屬於我自己.

一九二四年九月二十四日

# 복수

　사람의 피부 두께는 거의 반 푼도 안되지만 선홍빛 뜨거운 피가 그 뒤편을 따라, 담벼락을 빽빽하게 기어오르는 홰나무 자벌레떼보다 더욱 밀도 높은 혈관속을 치달리며 온기를 발산한다. 그리하여 각기 이 온기로 서로 유혹하고, 선동하고, 끌어당기고, 목숨걸고 기대기를 희구하고, 입맞추고, 포옹하며 생명의 달콤한 환희를 얻는다.

　그러나 날카로운 칼로 한 번 쳐서 이 복사꽃빛 얇은 피부를 꿰뚫으면, 선홍빛 뜨거운 피가 날쌘 화살처럼 모든 온기를 직접 살육자를 향해 내뿜는다. 그리곤 차가운 호흡을 건네고, 창백한 입술을 보여주어 인성을 망연하게 하면서 생명이 날아가는 극치의 환희를 얻게 한다. 그러나 자신은 생명이 날아가는 극치의 환희 속에서 영원히 침몰한다.

　그리하여 그들 두 사람은 온 몸을 발가벗고, 날카로운 칼을 들고, 드넓은 광야 위에 마주 서 있다.

　그들 두 사람은 장차 포옹하거나 살육하리라······.

　나그네가 사방에서 몰려든다. 홰나무 자벌레떼가 빽빽하게 담벼락을 기어오르는 것처럼 개미떼가 건어물 머리에 바글바글 꼬여 드는 것처럼. 옷은 모두 잘 차려 입었는데 손은 모두 빈손이다. 그러나 사방에서 몰려들어 목숨 걸고 목을 길게 빼고, 이 포옹과 살육을 감상하려 한다. 그들은 벌써 사후 그들의 혀가 맛볼 땀과 피의 신선한 맛을 예감한다.

그러나 그들 두 사람은 마주 서서, 드넓은 광야 위에서, 온 몸을 발가벗고, 날카로운 칼을 들고, 그러나 포옹도 하지 않고, 살육도 하지 않는다. 게다가 포옹이나 살육의 의지도 내보이지 않는다.

그리하여 나그네들은 무료해진다. 무료함이 그들의 모공(毛孔)으로 파고들어가는 것을 느낀다. 무료함이 그들 자신의 마음 속에서 기어 나와 모공을 뚫고 광야 가득 기어가서, 다른 사람의 모공으로 뚫고 들어가는 것을 느낀다. 그들은 그리하여 목구멍과 혓바닥이 말라 들어가고 목조차 뻣뻣해짐을 느낀다. 끝내는 서로의 얼굴을 힐끔거리며, 천천히 흩어져 간다. 심지어 뜻밖에도 점점 메말라가다가 삶의 의욕조차 잃어버림을 느낀다.

그리하여 드넓은 광야만 남았지만, 그들 두 사람은 그 사이에서 온몸을 발가벗고, 날카로운 칼을 들고, 메마른 모습으로 서 있다. 시체같은 눈빛으로 나그네들이 메말라가는 것, 무혈의 대학살을 감상하며 생명이 날아가는 극치의 환희 속에서 영원히 침몰한다

1924년 12월 20일

◉ 해설

이 산문시는 1924년 12월29일 『어사(語絲)』 주간(週刊) 제7기에 발표되었다. 환등기 사건에서 본 그 멍한 눈빛들. 의미 없는 구경거리와 구경꾼들. 루쉰 문학의 출발점이다.

# 復仇

　人的皮膚之厚，大概不到半分，鮮紅的熱血，就循着那後面，在比密密層層地爬在墻壁上的槐蠶更其密的血管裏奔流，散出溫熱．于是各以這溫熱互相蠱惑，煽動，牽引，拼命地希求偎倚，接吻，擁抱，以得生命的沉酣的大歡喜．

　但倘若用一柄尖銳的利刃，只一擊，穿透這桃紅色的，菲薄的皮膚，將見那鮮紅的熱血激箭似的以所有溫熱直接灌漑殺戮者．其次，則給以氷冷的呼吸，示以淡白的嘴唇，使之人性茫然，得到生命的飛揚的極致的大歡喜．而其自身，則永遠沉浸於生命的飛揚的極致的大歡喜中．

　這樣，所以，有他們倆裸着全身，捏著利刃，對立於廣漠的曠野之上．

　他們倆將要擁抱，將要殺戮……．

　路人們從四面奔來，密密層層地，如槐蠶爬上墻壁，如馬蟻要扛鯗頭．衣服都漂亮，手倒空的．然而從四面奔來，而且拼命地伸長頸子，要賞鑒這擁抱或殺戮．他們已經豫覺着事後的自己的舌上的汗或血的鮮昧.

然而他們倆對立着, 在廣漠的曠野之上, 裸着全身, 捏着利刃, 然而也不擁抱, 也不殺戮, 而且也不見有擁抱或殺戮之意.

他們倆這樣地至於永久, 圓活的身體, 已將乾枯, 然而毫不見有擁抱或殺戮之意.

路人們于是乎無聊, 覺得有無聊鑽進他們的毛孔, 覺得有無聊從他們自己的心中由毛孔鑽出, 爬滿曠野, 又鑽進別人的毛孔中. 他們于是覺得喉舌乾燥, 脖子也乏了, 終至于面面相覷, 慢慢走散, 甚而至于居然覺得乾枯到失了生趣.

于是只剩下廣漠的曠野, 而他們倆在其間裸着全身, 捏著利刃, 乾枯地立着, 以死人似的眼光, 賞鑒這路人們的乾枯, 無血的大戮, 而永遠沉浸於生命的飛揚的極致的大歡喜中.

一九二四年十二月二十日

# 희망

내 마음은 유달리 적막하다.

그러나 내 마음은 아주 평온하다. 사랑과 미움도 없고 슬픔도 즐거움도 없고 색깔과 소리도 없다.

나는 늙었다 보다. 내 머리카락이 벌써 창백한 것, 이것이 명백한 사실이 아니랴? 내 손이 떨리는 것, 이것이 명백한 사실이 아니랴? 그러면 틀림없이 내 영혼의 손도 떨리고 영혼의 머리카락도 창백해졌으리.

그러나 이건 아주 오래 전의 일이다.

이전엔 내 마음에도 피비린내 나는 노래소리가 가득했다. 피와 쇠, 불꽃과 독, 광복과 복수. 문득 이런 것들이 공허해졌지만, 때로는 고의로 어쩔 수 없는 자기 기만의 희망을 공허속에 채워 넣는다. 희망, 희망, 이 희망의 방패로 저 공허 속 어둔 밤의 습격을 막아낸다. 방패 뒤에 여전히 공허 속 어둔 밤이 가득하더라도. 그러나 이렇게 나의 청춘은 끝없이 소진되었다.

내 청춘이 벌써 흘러갔다는 걸 어찌 몰랐으리? 그러나 내 몸 밖의 청춘은 의연하게 존재하리라 생각했다. 별, 달빛, 뻣뻣이 추락하는 나비, 어둠 속의 꽃, 올빼미의 불길한 울음, 두견새가 토해낸 피, 미소의 미망, 사랑의 춤. ……비애롭고 아득한 청춘이더라도 결국 청춘이리라.

그러나 지금 왜 이렇게 적막할까? 몸 밖의 청춘조차 모두 사라지고 세상의 청년들도 모두 늙었기 때문일까?

나는 오직 내 몸에만 기대어 이 공허 속 어둔 밤에 육박해 들어간다. 나는 희망의 방패를 내려놓고 페퇴피의 "희망"의 노래를 듣는다.

희망이란 무엇이냐? 창부(娼婦)이다.
그녀는 누구에게나 고혹적으로 모든 것을 들어바친다.
수많은 보배 ― 네 청춘을 희생하길 기다려
그녀는 바로 너를 버린다.

이 위대한 서정 시인은 헝가리의 애국자이다. 조국을 위해 코자크 병사의 창끝에 죽은 지 75년이 되었다. 그러나 더 슬픈 건 그의 시가 지금까지 죽지 않았다는 것.

그러나 참혹한 인생이여! 페퇴피처럼 오만하고 영용하게 마침내 어둔 밤에 맞서 발길을 멈추고 망망한 동녘을 되돌아보라. 그는 이렇게 말하였다.

절망이 허망하기란 바로 희망과 같다.

그러나 내가 만약 밝음도 어둠도 아닌 이 '허망' 속에서 목숨을 연명해야 한다면, 저 가버린 청춘, 비애롭고 아득한 청춘을 찾아야 하리. 그것이 내 몸 밖에 있더라도. 내 몸 밖의 청춘이 소멸해버린다면, 내 몸속의 황혼도 조만간 조락하리.

그러나 지금은 별빛도 달빛도 없고, 뻣뻣이 추락하는 나비와 미소의 미망과 사랑의 춤도 없다. 그러나 청년들은 참 평온하다.

나는 오직 내 몸에만 기대어 이 공허 속 어둔 밤에 육박해 들어간다. 설령 내 몸 밖의 청춘을 찾을 수 없다 해도, 결국 스스로 몸 속의 황혼도 던져버려야 하리라. 그러나 어둔 밤은 또 어디에 있는가? 지금은 별빛도 달빛도 없고 미소의 미망과 사랑의 춤도 없지만, 청년들은 참 평온하다. 그러나 게다가 나의 앞에는 진정한 어둔 밤도 없다.

절망이 허망하기란 바로 희망과 같다.

1925년 1월 1일

◎ 해설

이 산문시는 1925년 1월 19일 『어사(語絲)』 주간(週刊) 제10기에 발표되었다. 희망이 허망이 된다면 그것은 참으로 견딜 수 없는 일이다. 그러나 절망이 허망이 되면……, 그렇다 절망이 헛된 망상이라면 그것은 희망이 아닌가? 그러나 희망과 절망이 모두 헛된 망상이라면…….

# 希望

我的心分外地寂寞.

然而我的心很平安. 沒有愛憎, 沒有哀樂, 也沒有顏色和聲音.

我大概老了. 我的頭髮已經蒼白, 不是很明白的事麼? 我的手顫抖著, 不是很明白的事麼? 那麼我的靈魂的手一定也顫抖着, 頭髮也一定蒼白了.

然而這是許多年前的事了.

這以前, 我的心也曾充滿過血腥的歌聲. 血和鐵, 火焰和毒, 恢復和報仇. 而忽然這些都空虛了, 但有時故意地填以沒奈何的自欺的希望. 希望, 希望, 用這希望的盾, 抗拒那空虛中的暗夜的襲來, 雖然盾後面也依然是空虛中的暗夜. 然而就是如此, 陸續地耗盡了我的青春.

我早先豈不知我的青春已經逝去了? 但以爲身外的青春固在. 星, 月光, 僵墜的蝴蝶, 暗中的花, 猫頭鷹的不祥之言, 杜鵑的啼血, 笑的渺茫, 愛的翔舞…… 雖然是悲涼漂渺的青春罷, 然而究竟是青春.

然而現在何以如此寂寞? 難道連身外的青春也都逝去, 世上的青年也多衰老了麼?

我只得由我來肉薄這空虛中的暗夜了. 我放下了希望之盾, 我聽到Petöfi Sandor(1823-49)的"希望"之歌.


希望是什麼? 是娼妓.

她對誰都蠱惑, 將一切都獻給.

待你犧牲了極多的寶貝 –

你的青春 – 她就棄掉你.


這偉大的抒情詩人, 匈牙利的愛國者, 爲了祖國而死在可薩克兵的矛尖上, 已經七十五年了. 悲哉死也, 然而更可悲的是他的詩至今沒有死.

但是, 可慘的人生! 桀驁英勇如Petöfi, 也終於對了暗夜止步, 回顧着茫茫的東方了. 他說:


絶望之爲虛妄, 正與希望相同.


倘使我還得偸生在不明不暗的這"虛妄"中, 我就還要尋求那逝去的悲涼漂渺的青春, 但不妨在我的身外. 因爲身外的青春倘一消滅, 我身中的遲暮也卽凋零了.

然而現在沒有星和月光, 沒有僵墜的蝴蝶以至笑的渺茫, 愛的翔舞.

然而青年們很平安.

　我只得由我來肉薄這空虛中的暗夜了，縱使尋不到身外的青春，也總得自己來一擲我身中的遲暮. 但暗夜又在那裏呢？現在沒有星，沒有月光以至沒有笑的渺茫和愛的翔舞. 　青年們很平安，　而我的面前又竟至於并且沒有眞的暗夜.

　絶望之爲虛妄，正與希望相同！

一九二五年一月一日

# 고운 이야기

등불이 점점 작아지며 석유가 얼마 남지 않았음을 예고한다. 석유는 또 좋은 제품이 아니어서 벌써 그을음에 덮인 등갓이 캄캄하다. 폭죽의 요란한 소리는 사방 가까이서 울리고, 담배 연기는 안개처럼 내 몸을 감싼다. 어두침침한 밤이다.

나는 눈을 감고, 등을 젖혀 고개를 들고, 의자 등받이에 몸을 기댄다. 『초학기(初學記)』를 잡은 손을 다리위에 놓는다.

나는 비몽사몽간에 고운 이야기 한 가지를 본다.

이 이야기는 아름답고 우아하고 재미있다. 아름다운 사람들과 아름다운 일들이 엇섞여 하늘 위 비단 구름처럼, 수많은 별똥별처럼, 나르며 넓게 펼쳐지고 끝없이 이어진다.

나는 예전 작은 배로 산음도(山陰道)를 지나가던 일을 어렴풋이 기억한다. 그 때 양쪽 강기슭에는 오구나무, 새로 심은 벼, 야생화, 닭, 개, 떨기나무와 시든 나무, 초가집, 탑, 절, 농부와 시골 아낙네, 시골 처녀, 널어놓은 옷, 중, 도롱이와 삿갓, 하늘, 구름, 대나무 등, ……이 모든 것들이 파아란 시내에 거꾸로 비쳐, 노를 저을 때마다 제 각각 반짝이는 햇볕을 반사하였고, 또 물 속의 부평초나 헤엄치는 물고기와 함께 흔들렸다. 모든 그림자와 모든 사물은 흩어져 흔들리다 넓게 퍼지며 서로 부드럽게 녹아들었다. 또 부드럽게 녹아들다 다시 또 수축하며 본래의 모습으로 돌아가곤 하였다. 그 가장자리는 모두 여름 구름처럼 봉실봉실 햇볕으로 테두리를 하였고, 수은빛 불꽃이 피어오르는 듯 하였다. 내가 지나온 강은 모두 이와 같았다.

지금 내가 본 이야기도 파란 하늘이 비친 강바닥처럼, 모든 사물이 그곳에서 교직되어 한 편의 사연을 이루고, 영원히 생동하고 영원히 펼쳐지는 것이어서 이 이야기의 끝을 볼 수는 없다.

강변의 시든 버드나무 아래 몇 포기 가녀린 접시꽃은 틀림없이 마을 처녀들이 심은 것이리라. 온통 빨간 꽃과 빨간 반점이 있는 꽃들이 모두 물속에서 흔들리며 갑자기 조각이 나서 길게 늘어지다가 가닥가닥 연지빛을 물들이면서도 어지럽게 섞이지는 않는다. 초가집, 개, 탑, 시골처녀, 구름…… 등도 모두 흔들리고 있다. 온통 빨간 꽃은 송이 송이 길게 늘어져서 이번에는 찰랑찰랑 요동치는 빨간 비단 띠가 된다. 비단 띠는 개 그림자에 섞여들고 개는 흰 구름 속에 섞여들고, 흰 구름은 마을처녀 그림자에 섞여들다가…… 한 순간 그것들은 다시 수축된다. 그러나 빨간 반점이 있는 꽃도 벌써 조각이 나서 길게 늘어지다가 곧 바로 탑, 마을 처녀, 개, 초가집, 구름 그림자 속으로 섞여들고 있다.

이제 내가 본 이야기가 뚜렷해지기 시작한다. 아름답고, 우아하고, 재미있을 뿐만 아니라 분명하기까지 하다. 파란 하늘 위에 무수히 아름다운 사람과 아름다운 일들이 있다. 나는 하나하나 관찰하고 하나하나 알게 된다.

나는 그것들을 주의깊게 살피려 한다.

내가 막 그것들을 살피려 할 때, 화들짝 눈이 떠졌다. 비단 구름도 이미 주름이 잡히고 헝클어져, 누군가가 큰 돌멩이를 강물에 던졌을 때처럼, 물결이 갑자기 일며 온전한 그림자들이 산산이 부서진다. 나는 거의 땅바닥에 떨어지려는 『초학기(初學記)』를 무의식적으로 재빨리 붙잡는다. 눈 앞에는 부서진 무지개 빛 그림자가 아직 몇 조각 남아 있다.

나는 이 고운 이야기를 진심으로 사랑한다. 부서진 그림자가 아직 남아 있을 때, 그것을 추억하고, 그것을 맞추어 완성하고 또 그것을 남겨놓아야 한다. 나는 책을 내던지고 기지개를 켜며 붓을 잡는다. 일찍이 부서진 그림자가 있었던가? 다만 어둑어둑한 등불만 보이고, 내가 있는 곳은 작은 배 안이 아니다.

그러나 나는 진정으로 이 고운 이야기를 본 적이 있다, 이 어두침 침한 밤에……

1925년 2월 24일

◉ 해설

이 산문시는 1925년 2월 9일 『어사(語絲)』 주간(週刊) 제13기에 발표되었다. 본문에는 창작 시기가 발표일보다 늦은 1925년 2월 24일로 밝혀져 있지만, 기실 『루쉰일기(魯迅日記)』에 의하면 1925년 1월 28일에 『야초(野草)』 1편을 썼다고 기록되어 있으므로, 이 산문시는 아마도 이 날 지어진 것으로 보인다. 이 아름다운 세계가 루쉰이 꿈꾼 환상일까? 루쉰(魯迅)은 소설 『고향(故鄕)』에서도 보름달이 휘영청 비치는 바닷가의 초록빛 수박밭을 묘사하였다. 그러나 루쉰은 결국 그 수박밭에 가보지 못하였다.

# 好的故事

燈火漸漸地縮小了, 在預告石油的已經不多. 石油又不是老牌, 早熏得燈罩很昏暗. 鞭爆的繁響在四近, 烟草的烟霧在身邊. 是昏沉的夜.

我閉了眼睛, 向後一仰, 靠在椅背上. 捏着『初學記』的手擱在髁上.

我在朦朧中, 看見一個好的故事.

這故事很美麗, 幽雅, 有趣. 許多美的人和美的事, 錯綜起來像一天雲錦, 而且萬顆奔星似的飛動着, 同時又展開去, 以至于無窮.

我彷彿記得曾坐小船經過山陰道, 兩岸邊的烏桕, 新禾, 野花, 鷄, 狗, 叢樹和枯樹, 茅屋, 塔, 伽藍, 農夫和村婦, 村女, 曬着的衣裳, 和尙, 蓑笠, 天, 雲, 竹, ……都倒影在澄碧的小河中, 隨着每一打槳, 各各夾帶了閃爍的日光, 并水裏的萍藻游魚, 一同蕩漾. 諸影諸物, 無不解散, 而且搖動, 擴大, 互相融和. 剛一融和, 却又退縮, 復近于原形. 邊緣都參差如夏雲頭, 鑲着日光, 發出水銀色焰. 凡是我所經過的河, 都是如此.

現在我所見的故事也如此. 水中的靑天的底子, 一切事物統在上面交錯, 織成一篇, 永是生動, 永是展開, 我看不見這一篇的結束.

　　河邊枯柳樹下的幾株瘦削的一丈紅，該是村女種的罷．大紅花和斑紅花，都在水裏面浮動，忽而碎散，拉長了，縷縷的胭脂水，然而沒有暈．茅屋，狗，塔，村女，雲，……也都浮動着．大紅花一朵朵全被拉長了，這時是潑剌奔迸的紅錦帶．帶織入狗中，狗織入白雲中，白雲織入村女中……．在一瞬間，他們又將退縮了．但斑紅花影也已碎散，伸長，就要織進塔．村女，狗，茅屋，雲裏去．

　　現在我所見的故事淸楚起來了，美麗，幽雅，有趣，而且分明．靑天上面，有無數美的人和美的事，我一一看見，一一知道．

　　我就要凝視他們……．

　　我正要凝視他們時，驟然一驚，睜開眼，雲錦也已皺蹙，凌亂，彷彿有誰擲一塊大石下河水中，水波陡然起立，將整篇的影子撕成片片了．我無意識地赶忙捏住幾乎墜地的『初學記』，眼前還剩着幾點虹霓色的碎影．

　　我眞愛這篇好的故事，趁碎影還在，我要追回他，完成他，留下他．我拋了書，欠身伸去取筆，－何嘗有一絲碎影，只見昏暗的燈光，我不在小船裏了．

　　但我總記得見過這一篇好的故事，在昏沉的夜……．

一九二五年二月二十四日

# 죽음의 불

나는 꿈 속에서 빙산 사이를 치달리고 있다.

이곳은 거대한 빙산이다. 위로는 얼어붙은 하늘에 맞닿아 있고, 하늘 위에는 꽁꽁 언 구름이 가득 덮여서 그 구름 조각들이 물고기 비늘처럼 펼쳐져 있다. 산기슭은 얼음 나무 숲이고, 가지와 잎은 모두 소나무와 삼나무 같다. 모든 것이 얼음이고 모든 것이 희푸르다.

그러나 나는 갑자기 얼음 계곡에 떨어진다.

상하 사방이 모두 얼음이고 모두 희푸르다. 하지만 온통 희푸른 얼음 위에 산호의 그물같은 붉은 그림자가 무수히 일렁인다. 발치 아래를 굽어보니 불꽃이 피고 있다.

이것은 죽음의 불이다. 너울거리는 불꽃 모양이지만, 미동도 하지 않고 전체가 산호 가지와 같은 얼음 덩어리이다. 불꽃의 끝도 응고된 검은 연기이다. 아마도 화택(火宅)에서 방금 빠져나왔기 때문에 검게 그을렸으리라. 이처럼 사방의 빙벽에 불꽃이 비치고, 또 빙벽이 빙벽을 서로 마주 비추면서 무수한 불꽃 그림자를 만들어내어 이 얼음 계곡을 붉은 산호빛으로 물들게 하고 있다.

하하!

나 어릴 적에는 본래 쾌속선이 일으키는 물보라와 대장간 용광로가 뿜어내는 불꽃을 사랑했다. 사랑했을 뿐만 아니라 분명하게 보고 싶었다. 그러나 안타깝게도 그것들은 모두 끊임없이 변환하며 고정된 모습을 보이지 않았다. 응시하고 또 응시해도 끝끝내 일정한 궤적을 남기지 않았다.

죽음의 불꽃이여, 나 이제 그대를 먼저 손에 넣었다.

내가 죽음의 불꽃을 집어들고 자세히 보려 하자, 냉기가 나의 손가락을 태운다. 그러나 나는 고통을 견디며, 그것을 주머니 속에 집어넣는다. 얼음 계곡 사방은 완전히 희푸르다. 나는 한편으로 죽음의 계곡을 빠져나갈 방법을 생각한다.

나의 몸에서 한 가닥 검은 연기가 피어나, 철사로 만든 뱀처럼 솟아오른다. 얼음 계곡 사방은 온통 일렁이는 붉은 불꽃으로 가득 덮여, 마치 거대한 불덩이처럼 나를 포위하는 것 같다. 나는 고개를 숙이고 살펴본다. 죽음의 불은 벌써 타오르며 나의 옷을 태우고 얼음 바닥으로 번져간다.

"어이, 친구! 자네의 온기가 나를 깨웠어." 그가 말한다.

나는 얼른 그와 인사를 나누고 그의 성명을 묻는다.

"나는 본래 얼음 계곡에 버려진 몸이야" 그는 묻지도 않은 말에 대답을 한다. "나를 버린 사람은 일찌감치 사멸하여 사라져버렸지. 나도 꽁꽁 얼어 죽을 뻔 했지. 만약 자네가 나에게 온기를 나누어주어 다시 타오르게 하지 않았다면, 나도 오래지 않아 사멸했을 거야."

"자네가 깨어나니 나도 기쁘군. 나는 얼음 계곡을 빠져나갈 방법을 생각하고 있었다네. 나는 자네를 데리고 나가고 싶군, 자네가 영원히 얼지 않고, 영원히 불탈 수 있게 말이야."

"아아! 그렇게 되면, 내 몸이 완전히 다 타버리라고!"

"자네가 다 타버린다면 정말 애석하겠군. 그럼 난 자네를 이곳에 남겨두겠네."

"아아! 그럼 난 장차 얼어 죽겠네!"

"그럼 어떡하란 말인가?"

"하지만 자네 스스로 또 어떡할 건가?" 그가 반문한다.

"내가 말했잖아, 이 얼음 계곡을 빠져나가겠다고……"

"그럼 나는 완전히 불타버리는 것이 더 낫겠군!"

그는 갑자기 펄쩍 뛰어오른다, 마치 붉은 혜성처럼, 아울러 나는 벌써 얼음 계곡 입구를 빠져나온다. 커다란 돌수레가 돌연히 치달려와 나는 결국 수레바퀴에 깔려 죽는다, 그러나 나는 그 수레가 얼음 계곡에 추락하는 걸 볼 수 있었다.

"하하! 너희들은 더 이상 죽음의 불을 볼 수 없어!" 나는 득의만만하게 웃으며 말한다, 마치 이와 같이 되기를 원했던 것처럼.

1925년 4월 23일

◉ 해설

이 산문시는 1925년 5월 4일 『어사(語絲)』 주간(週刊) 제25기에 발표되었다. 루쉰은 얼음 계곡, 죽음의 불, 절망의 늪에서 꺾이지 않는 싸움을 한다.

# 死火

我夢見自己在冰山間奔馳.

這是高大的冰山, 上接冰天, 天上凍雲彌漫, 片片如魚鱗模樣. 山麓有冰樹林, 枝葉都如松杉. 一切冰冷, 一切青白.

但我忽然墜在冰谷中.

上下四旁無不冰冷, 青白. 而一切青白冰上, 卻有紅影無數, 糾結如珊瑚網. 我俯看脚下, 有火焰在.

這是死火. 有炎炎的形, 但毫不搖動, 全體冰結, 像珊瑚枝. 尖端還有凝固的黑煙, 疑這才從火宅中出, 所以枯焦. 這樣, 映在冰的四壁, 而且互相反映, 化爲無量數影, 使這冰谷, 成紅珊瑚色.

哈哈!

當我幼小的時候, 本就愛看快艦激起的浪花, 洪爐噴出的烈焰. 不但愛看, 還想看淸. 可惜他們都息息變幻, 永無定形. 雖然凝視又凝視, 總不留下怎樣一定的跡象.

死的火焰, 現在先得到了你了!

我拾起死火, 正要細看, 那冷氣已使我的指頭焦灼. 但是, 我還熬着, 將他塞入衣袋中間. 冰谷四面, 登時完全青白. 我一面思索着走出氷谷的法子.

我的身上噴出一縷黑煙, 上升如鐵線蛇. 氷谷四面, 又登時滿有紅熖流動, 如大火聚, 將我包圍. 我低頭一看. 死火已經燃燒, 燒穿了我的衣裳, 流在冰地上了.

"唉, 朋友! 你用了你的溫熱, 將我驚醒了." 他說.

我連忙和他招呼, 問他名姓.

"我原先被人遺棄在氷谷中," 他答非所問地說, "遺棄我的早已滅亡, 消盡了. 我也被氷凍凍得要死. 倘使你不給我溫熱, 使我重行燒起, 我不久就須滅亡."

"你的醒來, 使我歡喜. 我正在想着走出氷谷的方法. 我願意携帶你去, 使你永不氷結, 永得燃燒."

"唉唉! 那麼, 我將燒完!"

"你的燒完, 使我惋惜. 我便將你留下, 仍在這裏罷."

"唉唉! 那麼, 我將凍滅了!"

"那麼, 怎麼辦呢?"

"但你自己, 又怎麼辦呢?" 他反而問.

"我說過了, 我要出這氷谷……."

"那我就不如燒完!"

他忽而躍起, 如紅慧星, 并我都出氷谷口出. 有大石車突然馳來, 我終于碾死在車輪底下, 但我還來得及看見那車就墜入氷谷中.

"哈哈! 你們是再也遇不着死火了!" 我得意地笑着說, 仿佛就願意這樣似的.

一九二五年四月二十三日

# 개의 힐난

나는 꿈 속에서 좁은 골목길을 걷고 있다. 옷과 신발은 거지처럼 헤어져 너덜거린다.

개 한 마리가 등 뒤에서 짖기 시작한다.

나는 거만하게 돌아보며 질책한다.

"그만! 입 닥쳐! 이 모리배 같은 개새끼야!"

"희희!" 놈이 웃으며 계속 말한다. "그럴 리가요, 사람들보단 부끄럽지 않네요."

"뭐야!" 나는 분노하며 이 말이 극도의 모욕이라고 생각한다.

"저의 부끄러움은요, 아직도 동(銅)과 은(銀)을 구별할 줄 모르는 것, 무명과 비단을 구별할 줄 모르는 것, 관리와 백성을 구별할 줄 모르는 것, 주인과 노예를 구별할 줄 모르는 것, 또……."

나는 도망친다.

"잠깐만요! 우리 좀 더 얘기해요……." 놈이 뒤에서 큰 소리로 붙잡는다.

나는 곧장 질주하며 있는 힘을 다해 도망친다. 꿈속에서 도망쳐 나오자 나는 침대에 누워 있다.

1925년 4월 23일

이 산문시는 1925년 5월 4일 『어사(語絲)』 주간(週刊) 제25기에 발표되었다. 개의 나라에선 '인간 같은 놈', '인간 새끼'라는 말이 가장 큰 욕일 것이다.

# 狗的駁詰

我夢見自己在隘巷中行走, 衣履破碎, 像乞食者.

一條狗在背後叫起來了.

我傲慢地回顧, 叱吒說,

"呔! 住口! 你這勢利的狗!"

"嘻嘻!" 他笑了, 還接著說, "不敢, 愧不如人呢."

"什麼!" 我氣憤了, 覺得這是一個極端的侮辱.

"我慚愧, 我終於還不知道分別銅和銀, 還不知道分別布和綢, 還不知道分別官和民, 還不知道分別主和奴, 還不知道……."

我逃走了.

"且慢! 我們再談談……." 他在後面大聲挽留.

我一徑逃走, 盡力地走, 直到逃出夢境, 躺在自己的床上.

一九二五年四月二十三日

# 묘갈문

나는 꿈속에서 비석 앞에 서서 그 위에 새겨진 글자를 읽고 있다. 비석은 사암(沙巖)으로 만든 듯 박락(剝落)이 심하고 이끼가 빽빽하게 덮여서 드문드문 글자들이 겨우 보일 뿐이다.

……호방한 노래가 미친 듯 뜨거워질 때 찬바람을 맞아, 천상에서 심연(深淵)을 보다. 모든 이의 눈에서 무소유를 보고, 희망이 없는 곳에서 구원을 얻다.……

……너울 거리는 혼령이 긴 뱀이 되니, 입 속에는 독을 뿜는 이빨이 있다. 사람은 먹지 않고 제 몸을 먹으며, 마침내 거꾸러져 숨을 거두다.……

……떠나라!…….

비석 뒤로 돌아가자 외로운 무덤이 보인다. 초목도 자라지 않는 무덤은 움푹하게 무너져 내렸다. 갈라진 무덤 틈으로 시체가 보인다. 가슴과 복부가 모두 갈라졌지만 그 속에는 심장과 간장이 없다. 얼굴에는 희로애락의 표정도 없고 연기처럼 몽롱한 모습이다.

나는 의심과 두려움으로 몸을 돌리지도 못하는데, 비석 뒷면에 남은 글씨가 눈에 들어온다.

……심장을 파내어 스스로 먹으며, 본래의 참맛을 알고자 하다. 칼로 파내는 고통이 혹독하나니, 본래의 참맛을 어찌 알리요?…….

……고통이 멈춘 후 서서히 먹다. 그러나 심장은 이미 썩어서, 본래의 참맛을 어찌 알리요?…….

……내게 답하라. 아니면 떠나라!…….

내가 곧 떠나려 했지만, 시체가 벌써 무덤 속에서 일어나 앉아 입술을 움직이지도 않고 말을 한다.

내가 진토(塵土)가 된 뒤에야 너는 장차 나의 미소를 보리라!

나는 질주하며 돌아보지도 못한다. 아마 시체가 따라오는 것 같다.

1925년 6월 17일

◉ 해설

이 산문시는 1925년 6월 22일 『어사(語絲)』 주간(週刊) 제32기에 발표되었다. 뱀이 자신의 입으로 자신의 꼬리를 뜯어 먹으며 죽어가는 처참한 순환 구조, 암담한 윤회의 끝은 어디인가?

# 墓碣文

我夢見自己正和墓碣對立, 讀着上面的刻辭. 那墓碣似是沙石所制, 剝落很多, 又有苔蘚叢生, 僅存有限的文句---

……於浩歌狂熱之際中寒, 於天上看見深淵. 於一切眼中看見無所有, 於無所希望中得救…….

……有一游魂, 化爲長蛇, 口有毒牙. 不以齧人, 自齧其身, 終以隕顚…….

……離開！…….

我繞到碣後, 才見孤墳, 上無草木, 且已頹壞. 卽從大闕口中, 窺見死屍, 胸腹俱破, 中無心肝. 而臉上卻絶不顯哀樂之狀, 但蒙蒙如煙然

我在疑懼中不及回身, 然而已看見墓碣陰面的殘存的文句 −

……抉心自食, 欲知本味. 創痛酷烈, 本味何能知?…….

……痛定之後, 徐徐食之. 然其心已陳舊, 本味又何能知?…….

……答我. 否則, 離開!…….

我就要離開. 而死屍已在墳中坐起, 口唇不動, 然而說 −

待我成塵時，你將見我的微笑！

我疾走，不敢反顧，生怕看見他的追隨.

一九二五年六月十七日

# 입론

나는 꿈 속에서 소학교 교실에 앉아 작문 준비를 하다가 선생님께 입론(立論)의 방법에 대해 가르침을 청한다.

"어려워!" 선생님께선 안경테 너머로 힐끗 눈길을 던지며 나에게 말씀하신다. "얘기 하나 해줄까-."

"어떤 집에 아들이 태어나서 온 집안이 기뻐서 난리가 났지. 한 달이 되었을 때 애기를 안고 나와 손님들에게 보이는데, -아마도 좋은 소리를 좀 듣고 싶은 거겠지.

한 사람이 이렇게 말했어, '이 아이는 부자가 되겠군요.' 그는 감사의 말을 들었지.

또 한 사람이 이렇게 말했어, '이 아이는 벼슬하겠군요.' 그는 공치사 몇 마디를 들었지.

또 한 사람이 이렇게 말했어, '이 아이는 언젠가 죽겠군요.' 그는 모든 사람에게 흠씬 두들겨 맞았어.

언젠가 죽는다는 말은 사실이고, 부귀를 얻는다는 말은 아마 거짓일 텐데, 거짓말 한 사람은 칭찬을 듣고, 사실을 말한 사람은 두들겨 맞았지. 너는……."

　"저는 거짓말도 하기 싫고 두들겨 맞고 싶지도 않아요, 그럼 선생님 어떻게 해야 하나요?"

　"그럼 너는 이렇게 말해라. '아이구! 이 아이 참! 보세요! 그래요……. 어이구! 하하! Hehe! he,  hehehehe!'"

1925년 7월 8일

◉ 해설

　이 산문시는 1925년 7월 13일 『어사(語絲)』 주간(週刊) 제35기에 발표되었다. 처세를 위한 허위의 일상, 그것도 루쉰(魯迅)이 말한 '철의 방[鐵屋子]'의 한 형태일 터이다.

# 立論

我夢見自己正在小學校的講堂上預備作文, 向老師請敎立論的方法.

"難！" 老師從眼鏡圈外斜射出眼光來, 看着我, 說. "我告訴你一件事－."

"一家人家生了一個男孩, 合家高興透頂了. 滿月的時候, 抱出來給客人看, －大概自然是想得一點好兆頭.

"一個說: '這孩子將來要發財的.' 他于是得到一番感謝."

"一個說: '這孩子將來要做官的.' 他于是收回幾句恭維."

"一個說: '這孩子將來是要死的.' 他于是得到一頓大家合力的痛打."

"說要死的必然, 說富貴的許謊. 但說謊的得好報, 說必然的遭打. 你……."

"我願意旣不謊人, 也不遭打. 那麼, 老師, 我得怎麼說呢?"

"那麼, 你得說, '啊呀! 這孩子呵! 您瞧! 那麼……. 阿唷! 哈哈! Hehe! he, hehehehe!'"

一九二五年七月八日

# 이와 같은 전사

만약 이와 같은 전사가 있다면 —

아프리카 원주민처럼 몽매하면서 새하얀 모젤 총을 메고 있는 것도 아니고, 중국의 녹영병처럼 무기력하면서 큰 권총을 차고 다니는 것도 아니다. 그는 쇠가죽과 폐철로 만든 갑옷에 추호도 영험함을 구걸하지 않는다. 그에게는 자기 자신만 있을 뿐이지만 야만인이 사용하는 맨손 투창뿐이다.

그가 무물(無物)의 진(陣)으로 걸어 들어가자, 만나는 사람마다 모두 한결 같이 고개를 끄덕이며 인사를 한다. 이 인사가 적의 무기라는 것, 피를 묻히지 않고 사람을 죽이는 무기라는 것, 많은 전사들이 이곳에서 죽었다는 것, 마치 포탄처럼 용사의 힘을 위축시키는 무기라는 것을 그는 알고 있다.

그들의 머리 위에는 각종 깃발이 꽂혀 있고, 각양각색의 아름다운 칭호가 수놓여 있다. 자선가, 학자, 문사, 장로, 청년, 아인(雅人), 군자…… 머리 아래에는 각양각색의 외투가 놓여 있고, 갖가지 고운 무늬가 수놓여 있다. 학문, 도덕, 국수, 민의, 논리, 정의, 동방문명…….

그러나 그는 투창을 치켜든다.

그들은 모두 한 목소리로 맹세한다. "그들의 심장은 가슴 중앙에 있으며, 다른 인류처럼 한쪽으로 치우쳐 있지 않다고." 그들은 모두 가슴팍에 호심경을 차고, 자신들을 위해서도 심장이 가슴 중앙에 있다는 징표로 삼는다.

그러나 그는 투창을 치켜든다.

그가 미소지으며 한쪽으로 치우치게 던졌는데도, 그들의 심장을 정통으로 꿰뚫었다.

모든 것이 와르르 무너져 내렸다. —그러나 외투만은 남았다. 그 속은 무물(無物)이었다. 무물(無物)의 물(物)은 이미 도망가면서도 승리하였다. 왜냐하면 그는 이 때 자선가 따위의 사람들을 살해한 죄인이 되었으므로.

그러나 그는 투창을 치켜든다.

그는 무물(無物)의 진중을 큰 걸음으로 나아간다. 다시 한결같이 고개를 끄덕이는 인사와, 각종 깃발, 각양각색의 외투 등……을 목도한다.

그러나 그는 투창을 치켜든다.

그는 결국 무물(無物)의 진중에서 노쇠하여 목숨을 다하였다. 그는 결국 전사가 아니었고, 무물(無物)의 물(物)이 승자였다.

이런 곳에서는 아무도 전투의 함성을 듣지 못한다. 태평이다.

태평…….

그러나 그는 투창을 치켜든다!

1925년 12월 14일

이 산문시는 1925년 12월 21일 『어사(語絲)』 주간(週刊) 제58기에 발표되었다. 태평(太平)·적막(寂寞)·무료(無聊)한 일상을 향해 투창을 던져야 한다. 그가 바로 전사(戰士)이다.

# 這樣的戰士

要有這樣的一種戰士—

已不是蒙昧如非洲人士而背着雪亮的毛瑟槍的， 也并不疲憊如中國綠營兵而卻佩着盒子炮． 他毫無乞靈於牛皮和廢鐵的甲冑． 他只有自己， 但拿着蠻人所用的， 脫手一擲的投槍．

他走進無物之陣， 所遇見的都對他一式點頭． 他知道這點頭就是敵人的武器， 是殺人不見血的武器， 許多戰士都在此滅亡， 正如炮彈一般， 使猛士無所用其力．

那些頭上有各種旗幟， 繡出各樣好名稱． 慈善家， 學者， 文士， 長者， 青年， 雅人， 君子……． 頭下有各樣外套， 繡出各式好花樣． 學問， 道德， 國粹， 民意， 邏輯， 公義， 東方文明……．

但他舉起了投槍．

他們都同聲立了誓來講說， 他們的心都在胸膛的中央， 和別的偏心的人類兩樣．

他們都在胸前放着護心鏡， 就爲自己也深信心在胸膛中央的事作證．

但他舉起了投槍.

他微笑, 偏側一擲, 卻正中了他們的心窩.

一切都頹然倒地. －然而只有一件外套, 其中無物. 無物之物已經脫走, 得了勝利, 因爲他這時成了戕害慈善家等類的罪人.

但他舉起了投槍.

他在無物之陣之中大踏步走, 再見一式的點頭, 各種的旗幟, 各樣的外套…….

但他舉起了投槍.

他終于在無物之陣中老衰, 壽終. 他終於不是戰士, 但無物之物則是勝者.

在這樣的境地裏, 誰也不聞戰叫. 太平.

太平…….

但他舉起了投槍!

一九二五年十二月十四日

# 담담한 혈흔 속에서

#### 죽은 자와 산 자와
#### 아직 태어나지 않은 자 몇 명을 기념하며

목전의 조물주는 여전히 겁쟁이다.

그는 남몰래 천재지변을 일으키지만, 이 지구를 감히 파멸시키지 못한다. 남몰래 생물들을 쇠망하게 하지만 모든 시체를 감히 오래 가게 하지 못한다. 남몰래 인류로 하여금 피를 흘리게 하지만 감히 핏빛을 영원히 신선하게 하지 못한다. 남몰래 인류를 고통스럽게 하지만, 인류가 그 고통을 영원히 기억하지 못하게 한다.

그는 오로지 그의 동료 – 인류의 겁쟁이를 위해 생각한다. 폐허와 황폐한 무덤으로 화려한 저택의 배경을 장식한다. 흘러가는 시간으로 고통과 혈흔을 묽게 하여, 날마다 달짝지근하면서도 쓸쓸한 술 한 잔을 퍼낸다. 그다지 적지 않게, 또 그다지 많지도 않게 살짝 취할 정도로 사람들에게 돌려서 마신 사람이 울 수 있게 하고, 노래할 수 있게 한다. 또 깨어 있는 듯, 취한 듯, 아는 듯, 모르는 듯, 사람들을 죽고 싶게도 하고 살고 싶게도 한다. 결국 그는 반드시 모든 것이 살고 싶게 한다. 그에게는 인류를 멸종시킬 용기가 없다.

몇 몇 폐허와 황폐한 무덤들이 대지 위에 흩어져 담담한 혈흔을 비추고 있고, 사람들은 모두 그 사이에서 아득한 비애를 곱씹고 있다. 그러나 곱씹으며 뱉어내지 않는 것은 결국 비애가 공허보다 낫다고 생각하기 때문이다. 각자가 모두 '천벌을 받은 사람'이라 말하며 남과 나의 아득하고 비애로운 변명을 곱씹고 있고, 오싹 소름이 돋은 채로 새로운 비애가 다가오길 고요히 기다리고 있다. 새로운 비애 그것은 그들을 두렵게 하고 또 서로의 만남을 갈구하게 한다.

그들은 모두 조물주의 양민이다. 그는 이러한 양민을 필요로 한다.

반역의 용사가 인간 세상에 태어난다. 그는 우뚝하게 서서, 이미 바뀌었거나 지금도 남아 있는 폐허와 황폐한 무덤을 통찰하고, 깊고 넓고 오랜 고통을 모두 기억하고, 겹겹이 엉겨 붙은 모든 핏자국을 직시한다. 그리하여 이미 죽었거나 갓 태어났거나 장차 태어나려 하거나 아직 태어나지 않은 모든 것을 깊이 이해한다. 그는 조화옹의 장난을 간파한다. 그는 떨쳐 일어나 인류를 소생시키기거나 인류를 멸망시킨다. 특히 이 조물주의 양민들을.

조물주, 겁쟁이는 부끄러워서 엎드려 깊이 숨는다. 하늘과 땅이 용사의 눈 속에서 이제 모습이 바뀐다.

1926년 4월 8일

◎ 해설

# 淡淡的血痕中
### －記念幾個死者和生者和未生者－

目前的造物主, 還是一個怯弱者.

他暗暗地使天變地異, 卻不敢毁滅一個這地球. 暗暗地使生物衰亡, 卻不敢長存一切屍體. 暗暗地使人類流血, 卻不敢使血色永遠鮮. 暗暗地使人類受苦, 卻不敢使人類永遠記得.

他專爲他的同類－人類中的怯弱者－設想, 用廢墟荒墳來襯托華屋, 用時光來沖淡苦痛和血痕, 日日斟出一杯微甘的苦酒, 不太少, 不太多, 以能微醉爲度, 遞給人間, 使飮者可以哭, 可以歌, 也如醒, 也如醉, 若有知, 若無知, 也欲死, 也欲生. 他必須使一切也欲生. 他還沒有滅盡人類的勇氣.

幾片廢墟和幾個荒墳散在地上, 映以淡淡的血痕, 人們都在其間咀嚼着人我的渺茫的悲苦. 但是不肯吐棄, 以爲究竟勝於空虛, 各各自稱爲"天之戮民", 以作咀嚼着人我的渺茫的悲苦的辯解, 而且悚息着靜待新的悲苦的到來. 新的, 這就使他們恐懼, 而又渴欲相遇.

這都是造物主的良民. 他就需要這樣.

叛逆的猛士出於人間. 他屹立着, 洞見一切已改和現有的廢墟和荒墳, 記得一切深廣和久遠的苦痛, 正視一切重疊淤積的凝血, 深知一切已死, 方生, 將生和未生. 他看透了造化的把戲. 他將要起來使人類蘇生, 或者使人類滅盡, 這些造物主的良民們.

造物主, 怯弱者, 羞慚了, 于是伏藏. 天地在猛士的眼中于是變色.

一九二六年四月八日

『魯迅全集』(全20卷), 北京: 人民文學出版社, 1973.

『魯迅全集』(全18卷), 北京: 人民文學出版社, 2005.

『魯迅全集』(日譯版 全20卷), 東京: 學習硏究社, 1986.

傅德岷, 包曉玲 主編, 『魯迅詩文鑑賞』, 武漢: 長江出版社, 2007.

吳傳玖 編著, 『魯迅詩釋讀』, 北京: 崑崙出版社, 2005.

張恩和 編著, 『魯迅詩詞解析』, 長春: 吉林文史出版社, 1999.

孔繁榮, 『魯迅詩歌詮釋』, 南昌: 百花洲文藝出版社, 1997.

孫郁 等 編著, 『走進魯迅世界 詩歌卷』, 北京: 北京工業大學出版社, 1995.

葉誠生 編著, 『魯迅的詩歌藝術』, 濟南: 山東大學出版社, 1994.

葛新, 『魯迅詩歌譯注』, 上海: 學林出版社, 1993.

張自强, 『魯迅先生詩疏證』, 成都: 四川文藝出版社, 1992.

夏明釗 箋釋, 『魯迅詩全箋』, 南京: 江蘇敎育出版社, 1991.

王永培, 吳岫光 編, 『魯迅舊詩彙釋』, 西安: 陝西人民出版社, 1985.

鄭心伶 編著, 『魯迅詩淺析』, 石家莊: 花山文藝出版社, 1985.

張紫晨, 『魯迅詩解』, 北京: 中國社會科學出版社, 1982.

倪墨炎 編寫, 『魯迅舊詩淺說』, 上海: 上海人民出版社, 1977.

洪橋, 葉由 編著, 『魯迅詩歌淺釋』, 南京: 江蘇人民出版社, 1977.

張向天, 『魯迅舊詩箋注』, 廣州: 廣東人民出版社, 1964.

周振甫 注釋, 『魯迅詩歌注』, 杭州: 浙江人民出版社, 1962.

손꼽아 보면 루쉰(魯迅)을 읽은지 벌써 30년 가까운 세월이 흘렀다. 수많은 책들의 서발문(序跋文)에서 토로하고 있는 무상감이 이제 좀 더 절실하게 다가온다. 맨 처음 어둡고 슬픈 루쉰의 소설에서 시작하여 다시 투창 같고 비수 같은 그의 잡문 숲을 헤매다가 마지막으로 난해하고 의미 깊은 시(詩) 세계에 도달하였다. 은사이신 김시준 선생님께서는 루쉰의 문학을 '블랙홀'이라고 개괄하신 바 있다. 루쉰을 읽으면 읽을수록 '블랙홀'의 의미가 더욱 깊게 다가온다. 이 '블랙홀'에서 벗어날 날은 언제일 것인가?

소설과 잡문으로 대표되는 루쉰의 문학세계에 60수가 넘는 구체 한시와 10여수의 신시 그리고 20여수의 산문시가 있다는 사실은 그렇게 많이 알려져 있지 않다. 그러나 루쉰은 청년 시절인 1908년 「악마파 시의 힘(摩羅詩力說)」이라는 문예 논문을 발표, '혼탁한 평화(汚濁之平和)'에 젖어 있는 중국의 불합리한 현실을 깨뜨리기 위해 '악마시인[摩羅詩人]'의 출현을 요청하였다. 루쉰은 특히 서구의 바이런이나 푸시킨 등과 같은 적극적이고 반항적인 낭만주의 시인을 '악마시인'이라고 부르면서 굴종과 침묵의 중국 현실을 각성시키기 위해 '악마시인'과 같은 '정신계의 전사'가 필요함을 역설하였다. 어쩌면 루쉰 문학의 출발점은 시인 루쉰에서 시작되었다고 해도 그리 틀린 말은 아니다. 뿐만 아니라 베이징(北京)의 루쉰박물관이나 상하이(上海)와 사오싱(紹興)의 루쉰기념관에는 그 현관 벽에 다음과 같은 루쉰의 7언 시구 1련이 황금색으로 크게 각자되어 있다.

분노한 눈으로 냉랭하게 사람들 손가락질과 맞서고
고개 숙이고 기꺼이 아이들 소가 되련다
(橫眉冷對千夫指, 俯首甘爲孺子牛.)

「자조(自嘲)」의 경련(頸聯)

루쉰 정신이 생생하게 담겨 있는 이 대련(對聯)은 루쉰의 7언율시 「자조(自嘲)」의 경련(頸聯)이다. 이 시구는 놀랍게도 중국의 전통시인 7언 근체시의 형식을 준수하고 있다. 시인 루쉰이 우리에게 생소한 호칭임에도 불구하고 루쉰 정신의 한 극점을 대표하는 구절은 그의 전통시로 제시되고 있는 것이다. 루쉰의 문학이 중국을 넘어 세계 각국에서 지금까지도 반전통적 현대 정신으로 기림을 받고 있음을 상기해보면, 루쉰의 구체시는 그의 전체 문학과 불협화음을 빚어내고 있는 것으로 보인다. 그러나 루쉰과 비슷한 연배로 우리나라의 만해(卍海) 한용운(韓龍雲)과 단재(丹齋) 신채호(申采浩)도(루쉰은 1881년, 만해는 1879년, 단재는 1880년생) 각각 163수와 18수의 구체 한시를 창작하고 있다. 흥미롭게도 이들 세 사람은 모두 전통 사회에서 동양 고전의 훈도를 받고 성장한 전통 지식인이면서도, 서구의 학문과 문물을 수용하여 새로운 인간과 새로운 사회 건설을 열망한 근대지향적 지식인의 대명사로 손꼽을 수 있다. 따라서 이들의 문학·학문·사상·행동에는 모두 전통의 터널을 통과하여 근대의 광장으로 도약해가는 다양한 자취들이 뒤얽혀 있다. 문학 부문으로 한정해보더라도 이들의 창작 수준은 전통적인 시문과 현대적 장르를 자유롭게 구사할 수 있는 경지에 도달해 있었고, 특히 이들의 시문에 복합적으로 얽혀 있는 전통과 근대의 자장은 그 자체로 이미 이들 문학의 지난한 박투를 상징한다고 할 수 있다. 이러한 입장에서 바라보면 루쉰의 구체 한시는 불협화음의 표지가 아니라, 전통과 근대의 착종(錯綜)을 명징하게 드러내주는 루쉰 문학의 진정한 좌표를 의미하기도 하고, 또 역사적 중간물로 자처한 루쉰 정신의 자의식을 상징적으로 보여주는 문학 코드라고도 할 수 있다.

자신의 몸에 구시대의 그림자가 짙게 드리워져 있음을 자각하고 있었던 루쉰은 그러나 자신에게 운명처럼 얽혀 있는 구시대의 그림자가 자신과 함께 침몰하기를 갈망하였다. 자신의 몸을 천만 근의 무게로 눌러오는 '암흑의 갑문'을 두 어깨로 지탱한 채 암흑의 성벽 속에 갇혀 있는 아이들을 찬란한 빛의 광장으로 탈출시킨 후 자신은 결국 '암흑의 갑문'에 짓눌려 압사하고 만다는 루쉰의 비유는 그의 삶과 문학의 한 축도라고 할 만하다. 신해혁명의 열매가 희대의 군벌 웬스카이(袁世凱)에게 탈취당한 후 루쉰은 암흑에 덮인 수도 베이징의 한 골방에서 고대인들의 비석 탁본 베끼기에 열중하였다. 그 골방을 찾아온 친구 첸쉔퉁(錢玄同)에게 루쉰은 그런 암흑의 현실을 탈출구가 없는 '철의 방[鐵屋子]'으로 비유하였다. 루쉰은 그런 암흑의 현실 또는 '철의 방'을 폭파하기 위해 스스로 암흑속으로 침잠해 들어가서 그 칠흑같은 암흑의 요처에다 위력을 가늠할 수 없는 폭약을 장치하고자 하였다. 그 폭약이야 말로 루쉰 문학의 근본적인 출발점인 셈이다. 루쉰의 소설에 가득 차 있는 어둠과 비애, 또 그의 비수같은 잡문이 겨냥하고 있는 불의하고 부조리한 현실에 대한 해부의 칼날은 이러한 폭약의 구체적인 형상이라고 할 수 있다. 이런 의미에서 루쉰의 구체 한시는 구시대의 대표적 문학 장르였다는 점에서는 암흑을 상징하지만, 그 암흑 속에 루쉰 당대의 구체적인 현실을 그려 넣고 아울러 루쉰의 분노와 질타와 인내와 희망을 담고 있다는 점에서는 루쉰 문학의 보편적 특성을 그대로 보여주고 있다고 할 수 있다. 말하자면 루쉰의 구체 한시는 그 자체로 루쉰 문학의 폭약이 매설된 일종의 뇌관인 셈이다.

루쉰의 한시는 형식에 있어서는 중국 전통의 틀을 그대로 유지하고 있지만, 문학으로서의 존재 방식은 전통적인 음풍농월(吟風弄月)이나 무병신음(無病呻吟)의 범위를 훨씬 벗어나 있다. 루쉰 한시의 대부분은 루쉰이 직면한 당대의 중국 현실을 반영하고 있다. 따라서 루쉰의 한시가 창작된 당시 중국 현실의 맥락을 모르면 그 구체적인 의미를 짚어내기 어렵다. 예컨대 다음과 같은 경우이다.

> 붉은 피 중원에 스며 질긴 잡초 살찌운다
> 추위가 땅을 얼려도 봄꽃은 피어난다
> 간웅들은 사고도 많고 모사(謀士)들은 병이 들어
> 중산릉에서 울고 불 때 저녁 까마귀 시끄럽다
> (血沃中原肥勁草, 寒凝大地發春華.
> 英雄多故謀夫病, 淚灑崇陵?暮鴉.)
>
> 「무제(無題: 血沃中原)」

위에서 보는 것처럼 이 시는 비교적 쉽고도 평범한 시어로 씌어져 있지만, 1932년 중화민국 난징 정부의 권력투쟁 과정을 모르면 정확한 의미 파악이 어렵다. 당시 국민당 정부에는 장제스(蔣介石)·왕징웨이(汪精衛)·쑨커(孫科)·후한민(胡漢民) 등의 인물들이 참여하고 있었는데, 장제스와 왕징웨이 등이 연합전선을 구축하여 쑨원(孫文)의 아들이며 행정원장이던 쑨커를 축출하였다. 이에 쑨커는 1932년 1월 22일 원통한 마음을 품고 중화민국 국부이자 자신의 부친인 쑨원의 중산릉(中山陵)에 가서 목놓아 울었다고 한다. 위의 시는 바로 이와 같은 당시 현실을 풍자하고 희화한 작품이다. 루쉰의 전통시 대부분은 이와 동일한 존재 방식으로 당시의 현실과 밀접한 관련을 맺고 있다. 요컨대 중국의 구체 한시가 초안정적이고 초시대적인 전통 세계를 지향하고 있는 것과는 달리 루쉰의 한시는 자기 시대의 호흡과 맥박을 매우 구체적이고도 현실적으로 반영하고 있다고 할 수 있다.

루쉰의 신시와 산문시도 루쉰 문학의 중요한 고리이다. 그의 신시는 지금 독자의 눈에 다소 생경하고 실험적인 형태로 비쳐질지도 모른다. 그러나 루쉰의 신시는 중국 전통 시사(詩詞)의 흔적이 짙게 배어 있는 후스(胡適)나 류반눙(劉半農)의 신시와는 달리 거의 완전한 현대 어법으로 매우 의미 깊은 내재율을 추구하고 있다. 그의 신시 형식에서 드러나는 생경함은 중국 신문학 초기 신시의 수준을 있는 그대로 보여주는 현상이지만, 그 내용이 담고 있는 중국 현실 및 인간 내면에 대한 근본적인 성찰은 루쉰 문학 특유의 예민한 감각과

긴밀하게 연관되어 있다. 특히 그의 산문시는 형식과 내용의 통일이라는 측면에서 볼 때 루쉰 문학의 한 정점에 도달했다고 할 수 있다. 빛에 의해 지워지고 어둠에 의해 삼켜지는 그림자의 곤혹을 통해 전통과 근대 사이의 무가내성(無可奈性)을 표현한 「그림자의 고별(影的告別)」, 의미없은 구경거리와 구경꾼으로만 살아가는 중국인의 마비성을 비판한 「복수(復仇)」, "절망이 허망하기란 바로 희망과 같다"면서 절망과 희망의 변증법을 노래한 「희망(希望)」, 뱀이 자신의 입으로 자신의 꼬리를 뜯어 먹으며 죽어간다는 비유를 통해 중국 현실의 암담한 윤회 구조를 갈파한 「묘갈문(墓碣文)」 등의 작품은 중국과 중국인에 대한 루쉰의 성찰이 이미 인류 보편의 실존적 비애에까지 맞닿고 있음을 잘 보여준다. 따라서 구체 한시와 신시 그리고 산문시가 포함되어 루쉰의 시 세계는 루쉰 문학의 진정한 축약도라고 해도 그리 지나친 말은 아니다.

　　지금까지 낸 몇 권의 책은 공저와 공역의 형태로 출판하였기 때문에, 나의 사랑하는 가족에 대한 감사의 말을 쓰지 못하였다. 한 때는 서문이나 발문에 가족에 대한 감사를 표시하는 것을 학자로서는 취해서는 안될 사적인 언설로 비하하는 마음을 가지고 있었다. 그러나 나처럼 보잘 것 없는 인간이 이 세상에 존재할 수 있는 이유가 거의 전적으로 우리 가족의 헌신적인 사랑에 의한 것임을 어떻게 부정할 수 있겠는가? 1980년 나의 아버지[諱武龍公]께서 돌아가신 후 몇 년 뒤 루쉰이 쓴 「아버지의 병환(父親的病)」이란 수필을 읽다가 북

받쳐 오르는 슬픔으로 한동안 목이 메인 적이 있다. 루쉰은 평생토록 아버지의 마지막 영면을 방해한 자신의 목소리 때문에 괴로워하였지만, 나는 아버지의 임종도 지키지 못하였다. 나의 어머니[金且禮女史]께서는 팔순이 넘은 연세에도 아직도 농사를 지으며 고향을 지키신다. 세상 어느 부모의 사랑을 작다고 할 수 있겠으랴만, 산간벽촌에서 인간됨의 바탕을 가르쳐 주시고 끝없는 교육열을 실천하신 나의 부모님의 사랑은 더욱 각별한 데가 있다. 나의 생명의 원천인 두 분의 사랑에 무릎 꿇고 큰절을 올린다. 또 내 평생의 반려가 되어 믿음과 사랑과 격려로 나의 곁을 지켜주고 있는 아내 정애(正愛)와 저 우주 어느 별에서 나의 누추한 거처로 날아와 내 곁을 환하게 밝혀주고 있는 아들 규래(奎來)와 딸 규민(奎旻)에게도 고마움의 마음을 전한다. 아울러 유세종 선생님을 비롯한 루쉰번역위원회의 여러 선생님들의 가르침에도 깊은 감사의 말씀을 드린다. 도서출판 역락의 이대현 사장과 박선주 씨 등 이 책을 품위 있게 만들어주신 모든 분들의 노고에도 감사의 말씀을 전한다.


2010년 7월
불사재(不舍齋)에서
옮긴이 삼가 씀

# 찾 / 아 / 보 / 기

●●● 시구 및 제목 ●●●

# 찾 / 아 / 보 / 기

●●● 인명(人名) ●●●

### ■ 저자소개

**▌지은이**

루쉰(魯迅: 1881–1936)

본명은 저우수런(周樹人). 중국 저장성(浙江省) 사오싱(紹興) 출신. 난징수사학당과 일본 센다이 의학전문학교 수학. 중국 국민성을 개조하고 참인간을 세우기 위해 신명을 바침. 『吶喊』, 『彷徨』, 『故事新編』 등의 소설집과 『墳』, 『朝華夕拾』, 『且介亭雜文』 등 10여권의 수필집, 『中國小說史略』 등과 같은 학문 성과, 그리고 다수의 번역 업적을 남김. 인간 정신의 주체성과 능동성을 문제 삼은 그의 문학은 지금까지도 생생한 생명력을 발휘하고 있음.

**▌옮긴이**

김영문(金永文: 1960–)

경북대 중문과 졸업. 서울대 대학원에서 석사·박사 학위 취득. 베이징대학 방문학자. 울산대, 서울대, 경북대, 계명대 등 대학에서 강의. 경북대 인문과학연구소, 서울대 인문학연구원의 연구원으로 재직. 지금은 대구대와 충주대의 외래교수. 주요 저역서로는 『노신의 문학과 사상』(공저), 『루쉰과 저우쭈어런』(공역) 등이 있고, 이외에도 다수의 논문이 있음.


# 루쉰, 시를 쓰다

루쉰시전집(魯迅詩全集)


초판 인쇄 2010년 9월 20일 | 초판 발행 2010년 9월 30일
지은이 루쉰(魯迅)
옮긴이 김영문(金永文)
펴낸이 이대현
편  집 박선주
펴낸곳 도서출판 역락 | 등록 제303-2002-000014호(등록일 1999년 4월 19일)
주소 서울시 서초구 반포 4동 577-25 문창빌딩 2층
전화 02-3409-2058(영업부), 2060(편집부) | 팩시밀리 02-3409-2059
전자우편 youkrack@hanmail.net
ISBN 978-89-5556-851-6    93820

정가 15,000원
▪ 잘못된 책은 교환해 드립니다.